Magilumière Co. Ltd

W0290118

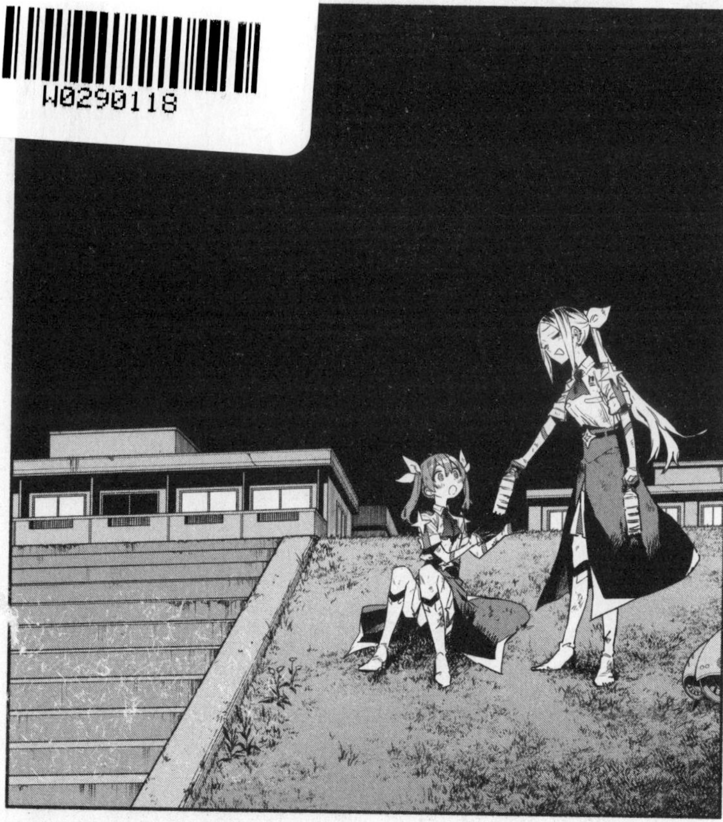

SCÉNARIO : SEKKA IWATA DESSIN : YÛ AOKI

KANA SAKURAGI

Fraîchement diplômée, Kana peine à trouver un premier emploi lorsqu'elle rencontre Koshigaya, une magical girl pour laquelle elle tombe immédiatement en admiration. Elle accepte sur-le-champ sa proposition d'intégrer la société Magilumière. Douée d'une mémoire exceptionnelle, elle ne ménage jamais sa peine et se prépare toujours à parer à toutes les éventualités.

KOSHIGAYA

Magical girl employée chez Magilumière Co. Ltd. Elle passe la plupart de son temps en jogging et parle n'importe comment. Elle possède néanmoins des prédispositions pour le métier de magical girl, qui confinent au génie.

MAGILUMIÈRE

SHIGEMOTO

Président de Magilumière Co.Ltd. Il se consacre entièrement aux magical girls, dont il porte en permanence la tenue sur son lieu de travail.

Qu'est-ce qu'une Magical girl ?

Le métier de "Magical girl" est très prisé, avec un salaire élevé. Les magical girls ont notamment la charge de débarrasser le monde des monstres, phénomènes naturels qui apparaissent de façon imprévisible. Il existe plus de 500 entreprises de magical girls, allant du grand groupe à la très petite entreprise.

NIKOYAMA

Ingénieur magical girl chez Magilumière Co. Ltd. Quand il est concentré sur une tâche, il occulte complètement le monde qui l'entoure.

MIDORIKAWA

Kaede occupe la fonction de représentant de commerce chez Magilumière Co. Ltd. D'un tempérament doux, il est également très attentionné. Il assiste le président dans ses tâches.

KASHINOMI

Ingénieur employé dans une entreprise tierce. Il a fait la rencontre des membres de Magilumière au cours du salon "Magical Expo".

Kana Sakuragi est une jeune diplômée à la recherche d'un emploi. Alors qu'elle commence à perdre confiance en elle, après avoir essuyé de nombreux refus, elle est impliquée dans un incident avec un monstre, au cours d'un entretien d'embauche. Elle met à profit ses facultés naturelles de mémorisation pour aider la magical girl Koshigaya à se débarrasser du monstre.
Tout heureuse d'avoir enfin éprouvé le sentiment d'être utile à autrui, Kana décide de venir frapper à la porte de la start-up Magilumière, qui vient justement de décider d'embaucher un nouveau membre…!

Au contact des magical girls travaillant pour des entreprises tierces avec lesquelles elle collabore, Kana commence à développer sa propre "philosophie de travail". Elle doit faire face à un monstre qui a accidentellement muté au cours d'une présentation au salon "Magical Expo". Nikoyama rencontre des problèmes avec son matériel informatique au cours de l'intervention, mais il se force à aller vers autrui et demande assistance à des confrères également présents pour cette exposition. L'équipe de Magilumière parvient alors à se débarrasser du monstre sans encombre. Shigemoto, également présent, ne semble pas surpris par la recrudescence de mutations chez les monstres, et décide d'agir…

L'HISTOIRE

SENNA IWATA ET YŪ AOKI PRÉSENTENT

SOMMAIRE

CETTE ŒUVRE EST UNE FICTION. TOUTE RESSEMBLANCE AVEC DES PERSONNES,
DES COLLECTIVITÉS OU DES ÉVÉNEMENTS AYANT EXISTÉ SERAIT PUREMENT FORTUITE.

MUMBLE
Oh, vraiment ? Votre société...
Quel type de technologie...
C'est impressionnant, effectivement.
Je voulais justement vous demander si...
MUMBLE
MUMBLE
CHAPITRE 23 GINJI
QU'EST-CE QU'IL FAIT, NIKO ?
UNE SIMULATION DES CONVERSATIONS QU'IL AURAIT AIMÉ TENIR AVEC LES SOCIÉTÉS QUI L'INTÉRESSAIENT LORS DE LA MAGICAL EXPO, SI J'AI BIEN COMPRIS.
IL FAUT DIRE QUE TOUT A ÉTÉ ANNULÉ, APRÈS CE QU'IL S'EST PASSÉ...
OUI...
C'EST VRAIMENT DOMMAGE.
J'AURAIS BIEN AIMÉ DISCUTER AVEC D'AUTRES PROFESSIONNELS, MOI AUSSI...
SAKURAGI, KOSHIGAYA...
MAGICAL EXPO

UN RÉGLAGE PERSONNALISÉ DE MON BALAI...?
TOUT À FAIT...
TU ES HABITUÉE À MANIER TON BALAI, DÉSORMAIS. IL EST TEMPS QU'IL SOIT VU PAR UN SPÉCIALISTE.
ET LE MIEN ?!
LE TIEN AUSSI...
SON DERNIER RÉGLAGE REMONTE À UN PETIT BOUT DE TEMPS DÉJÀ.
OOOOH !...

ÇA FAIT TELLEMENT LONGTEMPS QUE GINJI N'A PAS JETÉ UN COUP D'ŒIL À MON BALAI...
JE ME SENS TOUTE NERVEUSE...
FROUUSH
GINJI...?
LE RÉGLAGE DES BALAIS EST SA SPÉCIALITÉ.
C'EST UNE PERSONNE UN PEU SPÉCIALE, MAIS ON PEUT LUI FAIRE ENTIÈREMENT CONFIANCE.
PROFITE DE L'OCCASION POUR POSER DES QUESTIONS ET APPRENDRE DE NOUVELLES CHOSES.
D'A... D'ACCORD !
APRÈS ÇA, IL EST PROBABLE...
... QUE NOUS AURONS FORT À FAIRE...

* YOKAN : DESSERT CONSTITUÉ D'UNE GELÉE FERME, TRADITIONNELLEMENT AUX HARICOTS AZUKI.

TAP
TAP
TAP
HM ?!
NIKKAN
SALUT !
SWOOSH-SWOOSH
BON-
JOUUUR
!!
TAP
TAP

SBOOM
IL A L'AIR SPÉCIAL...
AH ! J'AI MIS UN INSTANT...
... AVANT DE TE RECONNAÎTRE...
TU AS ENCORE EMBELLI, DIS-MOI !
TU TRAVAILLES AU PÉRIL DE TA VIE, PAS VRAI ?
ÇA NE M'ÉTONNE PAS QUE VOUS REMARQUIEZ CE GENRE DE CHOSES...
EST-CE QUE GINJI EST LÀ ?
HEIN ?

C'EST VRAI QUE SHIGEMOTO NOUS A PRÉVENUS DE VOTRE ARRIVÉE.
ATTENDEZ UN INSTANT, JE VAIS L'APPELER.
BATAM
バタン
EUH... KOSHI-GAYA ?
CE N'EST PAS LUI, GINJI ?
QUOI ? MAIS NON, PAS DU TOUT !
LUI, C'EST SON ASSISTANT, NISHINA.
LE NOM COMPLET DE GINJI...
GNIH
ギイ
GINJI...?

... C'EST HANA GINJI.
C'EST UNE FILLE TOUTE JEUNE.
DONNE-MOI UNE MINUTE, NISHINA.
JE FINIS JUSTE DE LIRE CE MÉMOIRE.

TOC
Yakult
Yakult
Yakult
Yakult

JE SUIS DÉSOLÉ, JE N'AI QUE DES YAOURTS À BOIRE À VOUS PROPOSER.
Et des crackers senbei enrichis en calcium.
NE VOUS EMBÊTEZ PAS POUR NOUS !
J'AI APPORTÉ CECI POUR GINJI...
Yamato
PARDON POUR SES CAPRICES.
ELLE EST EN PLEINE PÉRIODE DE CROISSANCE, J'AIMERAIS QU'ELLE ÉVITE DE MANGER TROP SUCRÉ...
QUEL EST L'ÂGE DE GINJI, AU JUSTE ?
ATTENDS VOIR... JE NE SAIS PLUS SI ELLE A FINI L'ÉCOLE PRIMAIRE OU NON...
L'ÉCOLE PRIMAIRE...?!
GNIIH
ÇA Y EST, JE SUIS À VOUS !

CLAC
ガチャ
MERCI DE...
VRIII
BOING
ぴょん
MERCI...
BOING
ぴょん
... D'ÊTRE VENUES !
DÉSIREZ-VOUS UN YAOURT À BOIRE, GINJI ?
SWIP
ぺたっ
SWIP
ぺたっ
SI KOSHIGAYA EST LÀ, IL DOIT Y AVOIR DES YOKAN PAS LOIN, NON ?!
AJOUTE DU SUCRE À MON YAOURT, S'IL TE PLAÎT.
SBOF
ぽすっ
GNH
くい
GNH
くい

ÇA FAISAIT LONG-TEMPS !
TU VIENS POUR LE RÉGLAGE DE TON BALAI, J'IMAGINE ?
OUI !!
SPÉCIALE, C'EST LE MOT...

LA DERNIÈRE MAINTENANCE DATE D'IL Y A SIX MOIS...
QUELLES SONT LES SENSATIONS AVEC LE MOTEUR MAGIQUE, DEPUIS ?
C'EST L'ÉCLATE TOTALE !!
JE SENS VRAIMENT QUE LA RÉPONSE A CHANGÉ, POUR CHAQUE MOUVEMENT.
QUAND JE TOURNE, ÇA FAIT PLUS "GNIH !"...
... ÇA FAIT "VOUOOM !", "FIOUH !"...
OUI, COMME TU AS TENDANCE À TIRER À FOND SUR LES COMMANDES, J'AI ABAISSÉ LA RÉACTIVITÉ.
SUCRE NOIR
Idéal pour les enfants
LE BRUIT DU MOTEUR ME FAIT VIBRER. ENFIN, FAIT VIBRER MON COEUR.
C'EST LE TRANSFERT D'ÉNERGIE, C'EST NORMAL.
ELLES ARRIVENT À SE COMPRENDRE...
Je crois ?

QUI EST-CE QUI T'ACCOMPAGNE ?
AH...
C'EST KANA, NOTRE NOUVELLE RECRUE.
JE M'APPELLE SAKURAGI. JE SUIS ENCHANTÉE DE VOUS RENCONTRER.
KANA, DONC. ENCHANTÉE.
QUE PENSES-TU DE VOTRE SOCIÉTÉ ?
TU T'ES HABITUÉE À TRAVAILLER AVEC SHIGEMOTO ?
EUH... OUI... OUI...
CETTE JEUNE ÉCOLIÈRE EST EN TRAIN DE S'INQUIÉTER POUR MON INTÉGRATION PROFESSIONNELLE...
BON... C'EST BIEN BEAU, LES MONDANITÉS...
... MAIS POURRAIS-JE VOIR TON BALAI ?
IL ME SUFFIT DE VOIR TON INSTRUMENT DE TRAVAIL POUR SAVOIR QUI TU ES.

PAS D'ANOMALIE SUR LA VIS 15A.
SUR LA B NON PLUS...
AH, UNE PETITE MINUTE... CETTE MARQUE M'INTRIGUE.
CETTE TRACE NOUS INDIQUE QUE LA PERSONNE QUI UTILISE CE BALAI SE CRISPE DE FAÇON INVOLONTAIRE, CAR ELLE A PEUR D'ÊTRE BLESSÉE.
EFFECTIVE-MENT.
JE VOIS... ELLE EST RELATIVEMENT STRESSÉE, QUAND ELLE VOLE SUR SON BALAI.
NISHINA, UNE CLÉ DE 52.
TENEZ.
C'EST IMPRES-SIONNANT...
IL FAUT DIRE QUE C'EST À GINJI QU'ON DOIT NOS BALAIS...

HEIN...?
COMMENT ÇA...?
HM ? BEN, COMME JE TE LE DIS.
C'EST ELLE QUI A FABRIQUÉ TOUS LES BALAIS QUE NOUS UTILISONS CHEZ MAGILUMIÈRE.
TOUS...?
EH OUI !
SHIGEMOTO EST VENU ME COMMANDER DES BALAIS AVEC UNE REQUÊTE SPÉCIALE. IL VOULAIT QU'ILS SOIENT À ÉMISSION DE MAGIE RÉDUITE.
ÇA N'A PAS ÉTÉ UNE MINCE AFFAIRE, MAIS, EN MÊME TEMPS, COMME INVENTION, C'ÉTAIT AMUSANT À CONCEVOIR.
LA PREMIÈRE FOIS QUE NISHINA A VU SHIGEMOTO, IL L'A ENVOYÉ PAÎTRE.
ÇA N'A RIEN D'ÉTONNANT...
MAIS... J'AI APPRIS À ME SERVIR D'UN BALAI À PARTIR DES MANUELS DISPONIBLES DANS LE COMMERCE...

SHIGEMOTO M'A DEMANDÉ DEUX CHOSES : QUE LES BALAIS SOIENT À ÉMISSION RÉDUITE DE MAGIE, ET QU'ILS SOIENT COMPATIBLES AVEC SON LOGICIEL DE DÉVELOPPEMENT.
MAIS LES FONCTIONS DE BASE DES BALAIS COMME LES BALLES MAGIQUES SONT ÉVIDEMMENT INCLUSES.
ÇA NE M'ÉTONNE PAS.
DES ÉMISSIONS DE MAGIE RÉDUITES...?
JE VOIS...
C'EST VRAI QUE JE N'AI JAMAIS ENTENDU PARLER DE BALAIS AVEC ÉCONOMIE D'ÉNERGIE.
SERAIT-CE LÀ ENCORE UNE MANIFESTATION DE LA "PHILOSOPHIE" DU PATRON...?
HMM... TIENS DONC...

JUSQU'À PRÉSENT, JE RÉGLAIS VOS BALAIS POUR QU'ILS SOIENT ADAPTÉS À KOSHIGAYA, MAIS...
... L'USAGE QU'EN FAIT KANA EST RADICALEMENT DIFFÉRENT.
C'EST-À-DIRE ...?
HM...
L'USURE DES PIÈCES EST MINIMALE, MAIS LA MÉMOIRE EST PLUS REMPLIE.
ELLE USE DE SON BALAI COMME D'UN INSTRUMENT MAGIQUE.
ÇA VEUT DIRE QUOI ?
EH BIEN... RIEN D'EXTRAORDINAIRE, MAIS...
... PAR EXEMPLE, J'ENREGISTRE LES ENDROITS OÙ JE SUIS ALLÉE...
... OU JE PRÉDÉFINIS DES FONCTIONS DE VOL SELON LA MÉTÉOROLOGIE.

ÇA ME FACILITE LA VIE...
HA
GINJI, NE ME DITES PAS QUE...?!
VOILÀ QUI EST INTÉRESSANT !
PAS VRAI, NISHINA ?

POURQUOI NE PAS PROFITER DE CETTE OCCASION...
... POUR FABRIQUER UN NOUVEAU BALAI ?
OUOOOH !!
TU TE RENDS COMPTE DE TA CHANCE, KANA ?!
T'AS LE DROIT À DES AMÉLIORATIONS, AVEC UN NOUVEAU BALAI EN PRIME !
CLAC
CLAC
GINJI, C'EST HORS DE QUESTION !
VOUS N'AVEZ PAS ENCORE FAIT VOS EXERCICES DE KANJIS DU JOUR !
Testez vos kanjis
Carnet de japonais
?
NE T'INQUIÈTE DONC PAS.
CE SERA FINI EN UN ÉCLAIR.

Le point faible de Ginji :
la lecture des kanjis...

GINJI !!
VOUS NE POUVEZ PAS VOUS LANCER LÀ-DEDANS ! VOS DEVOIRS SONT EN TRAIN DE S'ACCUMULER...
... ET VOUS M'AVIEZ PROMIS QUE VOUS ALLIEZ ENFIN VOUS LAVER, AUJOURD'HUI !
TU M'EMBÊTES, NISHINA !
QUI ES-TU, POUR MOI ?
...
VOTRE ASSISTANT...
EXACTEMENT !
CE QU'ON ATTEND D'UN ASSISTANT, NOURRI ET LOGÉ QUI PLUS EST, CE NE SONT PAS DES RÉPRIMANDES...
... MAIS DE L'ÉNERGIE POUR VENIR EN AIDE !
CHAPITRE 24 PLAN B

JE SUIS DÉSOLÉ DE CE RETOURNEMENT SOUDAIN...
AU CONTRAIRE, NOUS SOMMES IMPATIENTES DE VOIR LE RÉSULTAT !
MAIS, QUE VA-T-ON FAIRE SANS NOS BALAIS, EN ATTENDANT...?
IL Y A DES BALAIS DE RECHANGE AU BUREAU, NE T'INQUIÈTE PAS POUR ÇA.
QUAND GINJI EST COMME ÇA, TOUTE DISCUSSION EST IMPOSSIBLE.
JE SUIS BON POUR COURIR DANS TOUS LES SENS, PENDANT UN PETIT MOMENT.
ÇA DEVRAIT PRENDRE PLUSIEURS JOURS...
SCRITCH
SCRITCH
J'AI BIEN CONSCIENCE QUE ÇA VA VOUS GÊNER DANS VOTRE TRAVAIL.
NOUS VOUS CONTACTERONS DÈS QUE CE SERA PRÊT.
SWOOP
MERCI, NISHINA !
À BIENTÔT !

JE NE SAVAIS PAS QUE NOS BALAIS AVAIENT ÉTÉ FABRIQUÉS PAR QUELQU'UN D'AUSSI JEUNE...
GINJI EST QUELQU'UN D'UNIQUE, TU SAIS...
AU DÉBUT, J'AI CRU QUE C'ÉTAIT NISHINA QUI LES AVAIT FABRIQUÉS.
NISHINA
AH...
LUI AUSSI, IL EST MARRANT.
NISHINA ÉTAIT UN INGÉNIEUR EMPLOYÉ PAR L'ÉTAT, MAIS...
... IL EST TOMBÉ EN ADMIRATION DEVANT LES QUALITÉS DE GINJI, ET IL L'A SUPPLIÉE DE LE PRENDRE COMME DISCIPLE.
...??
MAGILUMIÈRE
C'EST DIRE À QUEL POINT GINJI EST EXCEPTIONNELLE...
CLAC

TA TA TA TA TA TA TA TA TA TA TA
OUI, JE VOUS REMERCIE !
NE VOUS INQUIÉTEZ PAS, VOUS POUVEZ COMPTER SUR NOUS !
POUR CE JOUR-LÀ, JE PEUX VOUS PROPOSER LE CRÉNEAU DE 14 HEURES À 16 HEURES 30...
MAIS NON, JE VOUS EN PRIE !
MAGILUMIÈRE, BONJOUR !
15 HEURES, C'EST BIEN ÇA ? C'EST ENTENDU.
TRÈS BIEN, VOUS VOULEZ QU'ON L'ÉLIMINE, LE CAS ÉCHÉANT !
C'EST BIEN NOTÉ !
TAC TAC TAC TAC
Planning prévisionnel
QU'EST-CE QU'IL FAIT, KAEDE...?
AH, VOUS REVOILÀ ?
MIDORIKAWA EST EN TRAIN DE RÉPONDRE SIMULTANÉMENT À PLUSIEURS DEMANDES DE RENDEZ-VOUS.
1
2
3
4
5
C'EST QUOI, CETTE COMPÉTENCE DE OUF...?

COMMENT ÇA S'EST PASSÉ AVEC GINJI ?
APPAREMMENT, LE CAS DE KANA L'INTÉRESSE BEAUCOUP...
... ET ELLE S'EST MIS EN TÊTE DE LUI FABRIQUER UN NOUVEAU BALAI.
AH BON... JE VOIS...
MIDORI-KAWA !
TU PEUX REPORTER LES RENDEZ-VOUS À LA SEMAINE PROCHAINE, S'IL TE PLAÎT ?
JE VEUX QUE LES CONDITIONS SOIENT OPTIMALES.
COMPRIS !
BONJOUR, C'EST MAGILUMIÈRE.
AH, PARDON. ICI MAGILUMIÈRE, BONJOUR.
JE VOUS CONTACTE AU SUJET DE NOTRE RENDEZ-VOUS...
DES CONDITIONS OPTIMALES ...?
POUR QUOI ?

ガチャ
CLAC
REGARDEZ.
NiKOYAMA...
C'EST QUOI, ÇA ?
Magie contre les mutations à la Magical Expo
Intervention en conditions réelles [Magilumière Co. Ltd]
11277 vues
571
6
S'abonner

C'EST UNE VIDÉO ?!
DE L'ÉLIMINATION DU MONSTRE MUTANT, À L'EXPO...?
ÇA A ÉTÉ REGARDÉ PLEIN DE FOIS !
MIDORIKAWA A ÉDITÉ LA VIDÉO QU'IL A PRISE AVEC SON TÉLÉPHONE.
IL EN A FAIT UNE PRÉSENTATION SIMPLIFIÉE DE NOTRE SOCIÉTÉ.
Ça se fait très facilement...
... avec un logiciel gratuit, regardez, comme ça...
Y A DES TRUCS QU'IL SAIT PAS FAIRE...?
TAC TAC TAC
Commentaires
D'où vient cette technologie ?
Voici le site internet Magilumière Co. Ltd. à toutes les questions https://magil...
ET IL A RÉPONDU À TOUS LES COMMENTAIRES...
C'EST CETTE VIDÉO QUI A ENGENDRÉ...
... TOUTES CES DEMANDES ?

TOUT À FAIT.
CELA FAIT SIX HEURES QUE LA VIDÉO EST EN LIGNE...
... ET NOUS AVONS REÇU 45 DEMANDES CONCERNANT NOTRE SYSTÈME OPÉRATIONNEL, 23 DEMANDES D'ÉLIMINATION...
... 5 DEMANDES D'INTERVIEW, 14 DEMANDES DE RECRUTEMENT, ET 18 DEMANDES DE COLLABORATION.
TANT QUE ÇA...?
MIDO-RIKAWA A DÉJÀ TRAITÉ 80 % DES DEMANDES.
Ha ha ha!
LES RÉACTIONS ONT DÉPASSÉ NOS ATTENTES.
TAC TAC TAC
COMMENT IL ARRIVE À SE DÉBROUILLER AVEC PLUSIEURS INTERLOCUTEURS EN MÊME TEMPS ?
C'EST VRAI...
... QU'IL Y A PLEIN DE QUESTIONS.

COMBIEN D'INGÉNIEURS SONT NÉCESSAIRES PAR MAGICAL GIRL ?
J'AIMERAIS CONNAÎTRE LE TEMPS NÉCESSAIRE POUR LA CONCEPTION DE CHAQUE PENTAGRAMME, EN FONCTION DE SA TAILLE.
RENSEIGNEMENTS
03-****
UNE TECHNOLOGIE MAGIQUE EXTRAORDINAIRE
VOTRE MÉTHODE EST-ELLE COMPATIBLE AVEC LA SÉRIE DES MQ-420 ?
PAR AILLEURS, QUEL TYPE DE LOGICIELS UTILISEZ-VOUS POUR L'OPTIMISATION DE...
TA
TA
TA
"POURRIEZ-VOUS METTRE EN LIGNE UNE VIDÉO PLUS DÉTAILLÉE ?"
"J'AIMERAIS CONNAÎTRE LES COÛTS POUR UTILISER CE TYPE DE TECHNOLOGIE."
"PRENEZ-VOUS EN STAGE DE NOUVEAUX DIPLÔMÉS ?"
C'EST LE MÊME ENGOUEMENT QUE CELUI DONT ON A ÉTÉ TÉMOINS À LA MAGICAL EXPO...
TA
TA

AU COURS DES TÂCHES...
... QUE J'AI ACCOMPLIES JUSQU'À MAINTENANT...
... J'ÉTAIS TROP OCCUPÉE À ESSAYER DE RÉSOUDRE LES PROBLÈMES SOUS MON NEZ...
Magie contre les mutations à la
Intervention en conditions réelles [Magilumière
57
6
12 134 vues
... POUR RÉALISER QUE NOTRE TRAVAIL AVAIT AUTANT DE VALEUR AUX YEUX DES GENS.
IL N'Y AVAIT QUASIMENT AUCUN TÉMOIN, CE JOUR-LÀ, MAIS...
MAGICAL

... IL Y AVAIT TOUT DE MÊME AU MOINS UNE PERSONNE POUR APPRÉCIER CE QUE NOUS AVIONS FAIT...
ÉTANT DONNÉ LES RÉACTIONS OBTENUES...
... J'AI DÉCIDÉ D'ÉLARGIR NOS ACTIVITÉS.
HEIN ?

Ramen Magilumière
? ? ?
... ? ? ?
Créations Shigemoto
? ?
CONCRÈTEMENT...
... LES ÉVÉNEMENTS SURVENUS LORS DE L'EXPO ONT PROUVÉ QUE NOTRE SYSTÈME DE COOPÉRATION ENTRE MAGICAL GIRL ET OPÉRATEUR À DISTANCE...
... AINSI QUE NOTRE PROGRAMME DE CRÉATION SIMPLIFIÉE DE MAGIE...
... AUTREMENT DIT NOS DEUX POINTS FORTS, SONT EFFICACES CONTRE LES MUTATIONS SOUDAINES.
L'AUGMENTATION DES MUTATIONS MET EN DANGER TOUS LES MEMBRES DE NOTRE PROFESSION...
... ET LE NOMBRE DE DEMANDES QUE NOUS AVONS REÇUES EST LE SIGNE D'UNE PRISE DE CONSCIENCE.

NOUS ALLONS VENDRE À DES SOCIÉTÉS TIERCES NOTRE PROGRAMME DE CRÉATION DE MAGIE...
... CONJOINTEMENT À NOTRE SYSTÈME OPÉRATIONNEL D'ÉLIMINATION DES MONSTRES.
HEIN...? QUOI...?
VENDRE, VOUS DITES...?
VOUS VOULEZ DIRE QU'ON VA ENSEIGNER À D'AUTRES SOCIÉTÉS...
... COMMENT UTILISER NOTRE INTERGICIEL ET COMMENT NOUS FONCTIONNONS POUR LES ÉLIMINATIONS ?
OUI...
NOUS ALLONS FOURNIR NOTRE TECHNOLOGIE ET NOTRE SAVOIR-FAIRE.

HEEEEEIN?!!
AH, PARDON POUR LE BRUIT DE FOND. IL Y A DE L'AGITATION DERRIÈRE MOI CAR NOUS VENONS DE CONCLURE UN CONTRAT IMPORTANT.
OUI, TOUT À FAIT. NOUS RECEVONS BEAUCOUP D'ATTENTION DEPUIS...
C'EST GÉNIAL...
NOTRE PROGRAMME VA ÊTRE UTILISÉ PAR D'AUTRES SOCIÉTÉS QUE LA NÔTRE...!
EN COLLABORANT AVEC DE NOUVELLES SOCIÉTÉS, ON VA ÉLARGIR NOS PERSPECTIVES DE TRAVAIL, EN PLUS.
...
SI J'AVAIS ÉTÉ SEUL, CE CHOIX NE SE SERAIT JAMAIS PRÉSENTÉ À MOI.

CE SONT LES EFFORTS QUE VOUS AVEZ FOURNIS, TOUS LES TROIS, QUI ONT PERMIS À NOTRE SOCIÉTÉ DE GRANDIR.
JE VOUS EN REMERCIE.
PAH !
JE SUIS RENTRÉE...
... PER-SONNE...

TOC
NOUS ALLONS PROPOSER...
... NOTRE TECHNOLOGIE ET NOTRE SAVOIR-FAIRE, ALORS...

C'EST VRAI QUE J'AI PARTICIPÉ À DIFFÉRENTES ÉLIMINATIONS, MAIS...
ÉMISSION SPÉCIALE
La méthode de "fidélisation" des fans qui a révolutionné le monde du divertissement
... J'AI SOUVENT BESOIN QU'ON VIENNE À MON SECOURS...
... ET EN COMPARAISON DE KOSHIGAYA, PLEINE D'ENTRAIN ET QUI SAIT TOUJOURS QUOI FAIRE...
... DE NIKOYAMA, QUI SAIT S'ADAPTER À TOUTES LES ÉVENTUALITÉS...
... ET DES AUTRES MAGICAL GIRLS PLEINES DE TALENT QUE J'AI EU L'OCCASION DE RENCONTRER...

... JE NE PENSE PAS AVOIR QUOI QUE CE SOIT POUR MOI QUE D'AUTRES SOCIÉTÉS POURRAIENT ENVIER...
QUELQUES JOURS PLUS TARD...
TIENS ?!
MIERE CO. LTD.

GINJI !
SALUT, KANA.
TON BALAI EST FINI.
QUOI ?!
DÉJÀ ?!
ENFIN, TU VEUX DIRE.
SI NISHINA N'AVAIT PAS LE DOS SI FRAGILE...
C'EST LA DERNIÈRE FOIS QUE JE VOUS AIDE SI VOUS PERSISTEZ À SUIVRE UN RYTHME AUSSI EFFRÉNÉ.
CLAC
SWOOSH
O.K., O.K. PAS PLUS D'UN PROJET COMME CELUI-CI TOUS LES TROIS MOIS.
J'AI FAIT UN BALAI GÉNIALEMENT GÉNIAL, TU VAS VOIR !
JE SUIS SÛRE QUE TU SERAS CAPABLE DE T'EN SERVIR AU MIEUX.

Les débuts de Nishina en tant que disciple
Tout ce que j'ai appris, pour le moment, c'est comment gérer un enfant...
Ai-je vraiment fait le bon choix...?
HyA
HyA
La communication avec les enfants en bas âge

UN NOUVEAU BALAI GÉNIALEMENT...
... GÉNIAL ...?!
C'EST LE GÉNIE QUE JE SUIS QUI L'A FAIT, IL NE PEUT ÊTRE QUE GÉNIAL !
TOUT À FAIT !
Qu'est-ce qu'elles racontent ?
CHAPITRE 25 GÉNIALEMENT GÉNIAL
MAIS AVANT ÇA...
SPOF
... JE VAIS EXPLIQUER À KOSHIGAYA CE QUE J'AI FAIT SUR SON BALAI.
SB
VOILÀ...

... LA VERSION AMÉLIORÉE DE TON BALAI, KOSHIGAYA.
LE SUPER KOSHIGAYA PLUS !
OUAAAH... LA SILHOUETTE A CARRÉMENT CHANGÉ...
Super Koshigaya Plus...?
J'AI SURTOUT AUGMENTÉ LA VITESSE ET ALLÉGÉ LA MACHINE.
J'AI CHANGÉ DE MATÉRIAU POUR LA CARLINGUE, ET LE MOTEUR EST ÉGALEMENT NEUF.
J'AI AUSSI MODIFIÉ LA SILHOUETTE, POUR QU'ELLE CORRESPONDE MIEUX À TA PHYSIONOMIE ET À TA FAÇON DE CONDUIRE.
うおおおお
OUOOOH
IL EST TROP CLASSE...!

SWOC
OUAH !!
IL EST ULTRA LÉGER !!
REGARDEZ COMMENT JE PEUX LE FAIRE TOURNER !
SWOOF
CE N'EST PAS FAIT POUR ÊTRE MALTRAITÉ COMME ÇA !
C'EST DINGUE TOUT CE QU'ELLE A MODIFIÉ, POUR UNE SIMPLE MISE À JOUR.
Planning prévisionnel
MERCI BEAUCOUP !
JE VAIS FAIRE UN TOUR, POUR LE PRENDRE EN MAIN !
CLAC
BIEN, TU ME DIRAS CE QUE TU EN PENSES.
BOBOM
BOBOM
PASSONS...
... À TON NOUVEAU BALAI, KANA...
SBAH
...
HM...?

(Elle prend quand même la pose de la fille excitée.)

SBLAAAAM
VOICI LE MANUEL DE L'UTILISATEUR QUI ACCOMPAGNE CE BALAI.
SAKURAGI A-1
UNE FOIS QUE TU AURAS LU TOUT ÇA, TU COMPRENDRAS À QUEL POINT IL EST GÉNIAL.
DU DÉJÀ-VU !
JUSQU'AU BOUT...?
SAKURAGI...

L'HEURE DE VOTRE INTERVENTION AVEC KOSHIGAYA A ÉTÉ FIXÉ OFFICIELLEMENT À 15 HEURES.
C'EST POUR UN DE NOS NOUVEAUX CLIENTS.
AH...!
ENTENDU...!
Shigemotooo !
ÇA SIGNIFIE...
HA !
... QUE JE DOIS LIRE L'INTÉGRALITÉ DU MANUEL D'UTILISATION AVANT 15 HEURES...?
ズウウゥーン
ZWOOOM
TAP TAP
TAP TAP
BAM
GINJI, C'EST VRAIMENT GÉNIAL !
HAA
HAA

COMMENT S'EST PASSÉ TON VOL D'ESSAI ?
J'AI DÉPASSÉ LA VITESSE DU VENT ET, À UN MOMENT DONNÉ, J'AI MÊME ATTERRI DANS L'ESPACE.
SI VOUS POUVIEZ JUSTE JETER UN COUP D'ŒIL AU BALANCIER...
BIEN SÛR ! JE VAIS L'AJUSTER.
ÇA ME REND NOSTAL-GIQUE DE LA VOIR LIRE TOUS CES MANUELS.
ELLE A BEAUCOUP DE CHOSES À RETENIR.
IL VA FALLOIR QU'ELLE S'ACCROCHE.
NON...

IL N'Y A PAS À S'INQUIÉTER...
... ELLE EN EST CAPABLE.
C'EST CE QUE JE PENSAIS...
C'EST BIEN POUR ÇA QUE J'AI CONÇU SON BALAI AINSI.

...
カチ
TIC
カチ
TIC
Prévisionnel
BLAM
ガタン
NYAH !
PLIS !
SWOH
ALORS, KANA ?
ÇA AVANCE BIEN ?

OUi...
ÇA VA.
JE ME SUIS UN PEU ÉGARÉE DANS LE SUJET.
C'EST DE PLUS EN PLUS EN PLUS PASSIONNANT À MESURE QUE J'AVANCE...
T'AS ENTENDU ÇA, KAEDE ?
PAS BESOIN DE FAIRE DES MÉMOS, ALORS.
Midorikawa Notes personnelles
C'EST L'HEURE DE SE RASSEMBLER...
... POUR PARTAGER LES INFORMATIONS SUR NOTRE PROCHAIN TRAVAIL.

VOTRE PROCHAINE INTERVENTION SE SITUE DANS LE QUARTIER DE TAWARA HIYORI.
LE PROPRIÉTAIRE D'UN IMMEUBLE EST VENU NOUS DEMANDER CONSEIL.
DES MONSTRES APPARAISSENT RÉGULIÈREMENT AUTOUR DE SON IMMEUBLE.
IL Y A EU PLUSIEURS TENTATIVES D'ÉLIMINATION, MAIS LE PROBLÈME REVIENT À CHAQUE FOIS.
IL NOUS DEMANDE D'ANALYSER LA SITUATION ET DE PROCÉDER À L'ÉLIMINATION, SI POSSIBLE.

POUR AUJOURD'HUI, JE VAIS DEMANDER À GINJI DE RESTER AVEC NOUS.
VOUS POURREZ LUI POSER DES QUESTIONS SUR VOS NOUVEAUX BALAIS, S'IL Y A DES CHOSES QUE VOUS NE COMPRENEZ PAS.
CETTE DEMANDE A ÉTÉ FAITE À LA SUITE DU VISIONNAGE DE LA VIDÉO SUR L'INCIDENT DE L'EXPO.
FAITES BIEN ATTENTION À VOUS.
IL EST VRAIMENT HYPER FACILE À PRENDRE EN MAIN !
SWOOOH
KOSHIGAYA, UN PEU DE RETENUE !

SI TU TIRES AUTANT SUR LE MOTEUR, JE NE POURRAI PAS RECUEILLIR DE DONNÉES !
SUR LE PREMIER KILOMÈTRE, CONTENTE-TOI D'AUGMENTER PROGRES-SIVEMENT LA VITESSE...
VOUS DEMANDEZ L'IMPOSSIBLE, GINJI.
CE N'EST PAS AVEC ELLE QUE VOUS POUVEZ ESPÉRER OBTENIR DES DONNÉES SUR UN USAGE STANDARD DE LA MACHINE.
IL Y A DE L'ANIMATION, AUJOURD'HUI.
OUI... C'EST UN PEU STRESSANT...
C'EST UNE SIMPLE ÉLIMINATION, MAIS LA DEMANDE ARRIVE À LA SUITE DU TRAVAIL QUE L'ON A MONTRÉ LORS DE LA MAGICAL EXPO.
ON DOIT ÊTRE ENCORE MEILLEURS QUE CE JOUR-LÀ...
CLIP
NE T'EN FAIS PAS.
IL SUFFIT DE FAIRE COMME D'HABITUDE.
...

AUJOURD'HUI...
... JE DOIS VRAIMENT ME MONTRER À LA HAUTEUR DES ATTENTES...
JE DOIS EXPLOITER CE BALAI QUE GINJI A CONÇU SPÉCIALEMENT POUR MOI...
... AU MIEUX DE SES CAPACITÉS.
C'EST ICI...
... QUE LES MANIFES-TATIONS DU MONSTRE SONT LES PLUS FRÉ-QUENTES.
JE COMPRENDS MIEUX...!
LE MONSTRE DOIT ÉMERGER DE L'ESPACE ENTRE LES DEUX IMMEUBLES.
IL FAUT DIRE...
PERSONNE N'A RÉUSSI À ÉLIMINER LE CŒUR.

... QUE L'ESPACE EST TELLEMENT RESTREINT QU'ON NE VOIT MÊME PAS LE MONST...
SHING
KANA !!
SWOOM
BAH
ZOUIIIIH

AU MOINS, ON EST FIXÉES.
QUAND ON APPROCHE, IL ESSAYE DE MORDRE.
JE COMPRENDS QUE LES SOCIÉTÉS AVANT NOUS AIENT RENCONTRÉ DES DIFFICULTÉS.
S'EN APPROCHER EST TROP DANGEREUX.
SI ON POUVAIT AU MOINS AVOIR UNE IDÉE DE CE QU'IL Y A LÀ-DEDANS...
... ÇA NOUS PERMETTRAIT DE CRÉER LE SORT ADAPTÉ...
GINJI POURRAIT ME FABRIQUER UNE COMBINAISON ROBOTIQUE ?
Image
JE NE SAIS PAS...
C'EST UNE BONNE IDÉE, TIENS !
GINJI, NON !

IL SE POURRAIT...
... QU'ON AIT UN MOYEN DE LE SAVOIR.
AH BON ?
FUFUH !
TOUT À FAIT.
TROISIÈME VOLUME DU MANUEL DU "SAKURAGI, LA VOISINE D'EN FACE"...
... PAGE 323, PARAGRAPHE ⑤-9...
TIP !
TIP ! TIP !

DÉTAIL DES FONCTIONNALITÉS : "ENTRER UN CODE."
IL SUFFIT DE TAPOTER TROIS FOIS LE DOS DU BALAI...
ZOUIIIH
"OUVRIR LE PANNEAU DE CONTRÔLE."
... POUR QUE...
SHING
SHING
AJOUT D'UNE EXTENSION DE FONCTIONNALITÉ À PARTIR DU CODE.
A-828 590# 6434 GGMZ...
TOC
TOC TOC
ZOUIIIH

ZOUIIM
ZOUIIH
C'EST LA FONCTIONNALITÉ DE SCAN.
ÇA VA NOUS PERMETTRE DE SAVOIR CE QUI SE CACHE LÀ-DEDANS !
ON AVAIT UNE FONCTION...
... DE SCAN, AVANT...?
ぶん
SWOOSH
ぶん
SWOOSH
ET CE BALAI NE SE RÉSUME PAS À ÇA.
EN TOUT, J'Y AI INCLUS 108 COMMANDES.

Il y a des dessins de flip-book, au fil des pages...
Ginji a dû commencer à s'ennuyer, au bout d'un moment...
FLIP
ペラ...

108 COMMANDES...?!
J'AURAIS VOULU EN METTRE PLUS DE 200, EN RÉALITÉ...
PAS ÉTONNANT QUE LE MANUEL SOIT SI VOLUMINEUX...
CHAPITRE 26 LE DON DE LIRE UN MANUEL D'UTILISATION
C'EST BEAUCOUP TROP !
ELLES NE SERONT PAS UTILISÉES, DE TOUTE FAÇON.
EN ES-TU BIEN SÛR...?
LES RÉSULTATS DU SCAN SONT DISPONIBLES !

IL EST ACCROCHÉ AUX PAROIS DES MURS, AU FOND DE L'INTERSTICE... FAÇON CHEWING-GUM.
UN PENTACLE ORDINAIRE NE POURRA PAS L'ATTEINDRE, À CET ENDROIT.
ÇA VEUT DIRE...
... QU'IL FAUT CRÉER UN NOUVEAU PENTACLE SUR MESURE !
OUI, S'IL TE PLAÎT, NIKOYAMA.
JE T'ENVOIE L'ENSEMBLE DES CRITÈRES !
JE SUIS D'ACCORD AVEC TOI, NISHINA...
... BIEN SOUVENT LES UTILISATEURS NE RESPECTENT PAS LES INTENTIONS DES INVENTEURS.
OUI...

LES ÉLÉMENTS CONSIDÉRÉS COMME "RÉVOLUTIONNAIRES" PAR L'INVENTEUR...
... SONT EN GÉNÉRAL DE SIMPLES "INCOMMODITÉS" POUR LES UTILISATEURS...
... QUI TROP SOUVENT N'ONT MÊME PAS CONSCIENCE DE LEUR EXISTENCE.
IL Y A MÊME DES GENS QUI NE PRENNENT PAS LA PEINE D'OUVRIR LES MODES D'EMPLOI.
FINALEMENT, CES DOCUMENTS NE SONT QUE LE REFLET DE NOTRE HUBRIS.
C'EST VRAI QUE C'EST SOUVENT LE CAS.
OUI...
ET POUR FINIR...

... LES FONCTIONS QUE L'ON AJOUTE EN PENSANT QUE CE SONT DES AMÉLIORATIONS...
... NE SONT UTILISÉES PAR PERSONNE.
ÇA FAIT PARTIE DE NOTRE TRAVAIL DE S'ABSTENIR DE FAIRE CE QUI NE NOUS EST PAS DEMANDÉ.
OUI...
... CE SONT DES OBJETS DE CONCEPTION SIMPLE, FACILES D'UTILISATION ET INTUITIFS...?
CE QUE TOUT LE MONDE VEUT...

NOTRE TRAVAIL CONSISTE À INVENTER DES CHOSES QUI RÉPONDENT À CETTE TENDANCE.
C'EST AINSI QUE JE LE CONÇOIS, EN TOUT CAS...
SWOOP
JE COMPRENDS CE QUE TU VEUX DIRE, NISHINA.
MAIS DANS CE CAS, C'EST DIFFÉRENT...
QUAND J'AI VU LES DONNÉES DE L'ANCIEN BALAI DE KANA...

... JE ME SUIS DIT QU'ELLE AVAIT UN DON POUR LIRE LES MANUELS D'UTILISATION.
KOSHIGAYA, SAKURAGI !
J'AI CONÇU LES PENTACLES, CONFORMÉMENT À CE QUE VOUS M'AVEZ DEMANDÉ !
MERCI !
YES ! COMMENT ON LUI FAIT SA FÊTE, ALORS ?
EUH... SI JE NE ME TROMPE PAS, DANS CE BALAI...
TIP !
TIP !

SWHOM
OUAH !
C'EST QUOI, CE TRUC ?
C'EST LE MODE DE MAGIE TÉLÉCOMMANDÉE.
BON, IL FAUT TOUT DE MÊME RESTER À MOINS D'UN MÈTRE DE DISTANCE...
LA MAGIE ENREGISTRÉE PEUT ÊTRE MISE À FEU, UN PEU COMME DES BOULETS DE MAGIE.
JE PEUX SÉLECTIONNER UN MODE EN CHAÎNE.
COMME D'HABITUDE, TU AS RÉUSSI À TOUT MÉMORISER...

ÉTANT DONNÉ LE RISQUE QU'IL SURGISSE POUR NOUS ATTAQUER...
... JE VAIS PLACER UNIQUEMENT MON BALAI DEVANT L'OUVERTURE POUR LANCER NOTRE SORT.
KOSHIGAYA, VOUS N'ALLEZ PAS RESTER, VOUS NON PLUS, DEVANT L'ESPACE ENTRE LES IMMEUBLES...
... MAIS VOUS PLACER AU-DESSUS, AFIN D'EMPÊCHER TOUTE TENTATIVE DE FUITE.
ET PUIS... J'AURAI UNE DERNIÈRE OPÉRATION À MENER, APRÈS LE DÉPLOIEMENT DES PENTACLES...
... ET JE VAIS AVOIR BESOIN QUE VOUS RESTIEZ EN SURVOL.
ENTENDU !
HÉHÉ

TAC
JE PEUX VOUS TRANSFÉRER LES PENTACLES DÈS QUE VOUS ÊTES PRÊTES !
Enter
Shift
O.K., JE FILE DANS LES AIRS, ALORS.
GNH
AH ! AVANT ÇA...
TIP ! TIP !
CE SERA PLUS FACILE DE VOIR EN DESSOUS, COMME ÇA.
OH ?!
FLASH

NE ME DIS PAS QUE, MOI AUSSI, J'AI 108 COMMANDES DISPONIBLES SUR MON BALAI...?
FLASH
ピカ
C'EST UNE FONCTION-NALITÉ DE BASE, PRÉSENTE SUR TOUS LES BALAIS.
ESPÉRER QUE LES UTILISATEURS UTILISENT UN PRODUIT CONFORMÉMENT À L'USAGE QU'ON AVAIT IMAGINÉ...
... C'EST PRESQUE IRRÉALISTE... ET CE N'EST PAS UN PROBLÈME, C'EST COMME ÇA.
J'Y connais rien...
TU M'EXPLIQUERAS COMMENT ON L'ÉTEINT, APRÈS...
FLASH
ピカ
BIEN SÛR !
EXTENSION DE FONCTIONNALITÉ, CODE A-225.
MODE SANS UTILISATEUR ENGAGÉ, MAGIE EN RÉPÉTITION !
ALLEZ, MON PETIT BALAI !
ON VA EN HAUT, NOUS !

DÉPLOIE-
MENT...
... DES
PEN-
TACLES
!!

SWOOOOOH
LA CHAÎNE DE PENTACLES...
... FONCTIONNE PARFAITEMENT !

LES BALAIS DE GINJI SONT VRAIMENT GÉNIAUX.
JE PASSE À L'ÉTAPE SUIVANTE !
O.K. !!
... ET JE ME SENS PARFAITEMENT CALÉE.
IL N'Y A AUCUN RETOUR DE MAGIE...
LES CLIENTS COMME KOSHIGAYA...

... QUI VEULENT DES BALAIS SIMPLES, AVEC UN SOUCI PREMIER DE PUISSANCE...
... REPRÉSENTENT ÉGALEMENT UN DÉFI POUR NOS COMPÉTENCES TECHNIQUES, ET JE SUIS TRÈS HEUREUSE DE RÉPONDRE À LEURS COMMANDES.
NÉANMOINS...
... NON SEULEMENT KANA PEUT UTILISER L'INTÉGRALITÉ DES FONCTIONS DE SON BALAI...
... MAIS ELLE PARVIENT ÉGALEMENT À EN FAIRE UN VÉRITABLE ATOUT DANS SON TRAVAIL.
...

C'EST VRAI QU'ELLE N'EST PAS DU GENRE...
... À SE LANCER DANS LA BATAILLE À CORPS PERDU. AU CONTRAIRE...
... ELLE FAIT LE TOUR DE LA QUESTION ET UTILISE TOUTES LES ARMES À SA DISPOSITION...
EH OUI !
EN TANT QU'INVENTEUR, EXISTE-T-IL UN BONHEUR PLUS GRAND...
... QUE CELUI DE VOIR SON INVENTION AUSSI BIEN MISE À PROFIT ?

OUVERTURE DE FONCTIONNALITÉ MINEURE...
ZZ55-7413...
... LANCEMENT DU RACCORDEMENT !
CLAC
CLAC
CLAC
SCRIH !
SCRIH !
OH ! JE SENS QUE ÇA VIENT !
ÇA VA FAIRE MAL !

BOOH
SCRITCH
SCRITCH
SCRITCH

DAH
DAH
DAH
DAH
SCRITCH

ET VOILÀ LE TRAVAIL !
CIBLE ACQUISE !
SPAH
FIOUP !
VOILÀ POURQUOI POUR UN INVENTEUR...
... KANA EST LA CLIENTE IDÉALE.

Dans le chapitre 26,
le patron ne prononce pas un mot...

SBAAAM
NOUUUS...
... REVOILÀÀÀ !!
BON TRAVAIL, TOUTES LES DEUX !
COUCOU !
BEAU TRAVAIL.
CHAPITRE 27 LA CHARNIÈRE DU SYSTÈME
KAEDE N'EST PAS LÀ ?
BEAU TRAVAIL, TOUTES LES DEUX !
J'AI ACHETÉ DE LA VIANDE POUR TOI, KOSHIGAYA. JE ME SUIS DIT QUE TU DEVAIS AVOIR FAIM, APRÈS TOUT ÇA.
SAKURAGI, J'AI VOULU TE PRENDRE QUELQUE CHOSE AUSSI. J'AI PENSÉ QUE CES MACARONS TE FERAIENT PLAISIR.
Pien Hermé
Passage America

KAEDE, TA PRÉVENANCE ME FAIT PEUR, PARFOIS...
SBLANG
ガァン
AH, PARDON... LA PROCHAINE FOIS, JE M'ABSTIENS ?
NON, Y A PAS DE PROBLÈME. LES TRUCS QUI FONT PEUR NE ME FONT PAS PEUR, DE TOUTE FAÇON.
YEAH
ビシ
QU'AS-TU PENSÉ DE TON NOUVEAU BALAI ?
Pien Hermé
Passage America
IL EST SUPER PRATIQUE !
TOUTES SES FONCTIONS SONT VRAIMENT EXTRAORDINAIRES...
CE NE SONT PAS LES FONCTIONS QUI SONT EXTRAORDINAIRES...
... MAIS TES PROPRES CAPACITÉS.

QUOI...?
LES MODIFICATIONS QUE J'AI APPORTÉES À CE NOUVEAU BALAI...
... SONT LÀ POUR TE PERMETTRE DE METTRE EN VALEUR TES TALENTS DE PRISE DE DÉCISION ET DE COMMANDEMENT.
JE NE REGRETTE PAS D'AVOIR MULTIPLIÉ LES CHOIX QUI TE SONT OFFERTS POUR TES PRISES DE DÉCISION.
N'HÉSITE PAS À ME DIRE SI TU SOUHAITES QUE J'AJOUTE DE NOUVELLES FONCTIONNALITÉS.
OUI !
AU FAIT, GINJI !
LE TRANSFERT DES DONNÉES DE SCAN EN 3D, C'EST VRAIMENT UNE BONNE FONCTIONNALITÉ !

SBROUF
?!
ÇA... ÇA N'A RIEN DE SPÉCIAL...
J'AI JUSTE INTÉGRÉ LE CODE NÉCESSAIRE...
MAIS C'EST VRAIMENT GÉNIAL D'AVOIR POUSSÉ LA RÉFLEXION JUSQUE-LÀ.
J'AI VRAIMENT ÉTÉ TRÈS IMPRESSIONNÉ DE VOIR ÇA !
MUMBLE
MUMBLE
JE T'AI DÉJÀ DIT...
... QUE TU POUVAIS...
... M'APPELER HANA, SI TU LE VOULAIS...
SBROF
SBROF
HEIN ? MAIS NON, EN TANT QUE PROFESSIONNELS, ON SE DOIT LE RESPECT !

* MANGA DE TAKU TSUMUGI PUBLIÉ EN 1986/1987, RELATANT LES ÉMOIS DE KAZUKI MIYAICHI, JEUNE FILLE ESSEULÉE DE 14 ANS QUI DÉCOUVRE L'AMOUR ET L'AMITIÉ AUPRÈS D'UNE BANDE DE JEUNES MOTARDS EN DÉCALAGE AVEC LE RESTE DE LA SOCIÉTÉ.

NOUS AUSSI, NOUS ALLONS ÉTUDIER CE NOUVEAU BALAI.
COMMENCE PAR ÉTUDIER LE CŒUR DES JEUNES FILLES, TOI...
KANA, JE TE SOUHAITE...
... BON COURAGE POUR LA SUITE.
JE PENSE QUE LES MAGICAL GIRLS COMME TOI...
... VONT ÊTRE DE PLUS EN PLUS NÉCESSAIRES, À L'AVENIR.
...?
MERCI...

ON VA CONNAÎTRE UNE PÉRIODE D'ACTIVITÉ INTENSE.
IL VA FALLOIR RÉPONDRE À TOUTES LES DEMANDES CONCERNANT NOTRE SYSTÈME.
EFFECTIVEMENT...
LE RENDEZ-VOUS LE PLUS PROCHE EST PRÉVU DANS UNE SEMAINE.
UNE ENTREPRISE SOUHAITE VENIR ÉTUDIER NOTRE SYSTÈME DIRECTEMENT SUR PLACE.
QUELQU'UN VA VENIR DANS NOS LOCAUX POUR VOIR COMMENT NOUS FONCTIONNONS, ALORS ?
OUI.
ET SI POSSIBLE...

... J'AIMERAIS TE DEMANDER À TOI, SAKURAGI...
... DE FORMER LA PERSONNE QUI SERA DÉTACHÉE CHEZ NOUS.
HEIN...?
MOI ?! VOUS PLAISANTEZ ?!
NON...
COMME GINJI L'A ÉNONCÉ SI JUSTEMENT...
... TU AS TOUTES LES QUALITÉS NÉCESSAIRES À LA PRISE DE DÉCISION ET AU COMMANDEMENT.

PRESQUE TOUTES LES SOCIÉTÉS DE MAGICAL GIRLS UTILISENT LES COMBATS FRONTAUX POUR LUTTER CONTRE LES MONSTRES.
DANS NOTRE START-UP, CE N'EST PAS LE CAS, ACTUELLEMENT.
ACTUEL-LEMENT...?
LE SAVOIR TECHNIQUE DE NIKO N'ÉTAIT QUASIMENT PAS MIS À PROFIT...
... LORSQUE KOSHIGAYA ÉTAIT SEULE À SE DÉPLACER EN INTERVENTION.
JE PARLE, PAR EXEMPLE, DE L'INVENTION DE NOUVELLES MAGIES APRÈS AVOIR OBSERVÉ LA SITUATION SUR PLACE.
DEPUIS QUE TU NOUS AS REJOINTS, SAKURAGI...

… LE LIEN ENTRE L'ÉQUIPE D'INTERVENTION ET L'ÉQUIPE DE SOUTIEN A ÉTÉ RENFORCÉ.
COMPRENDS-TU, SAKURAGI ?
C'EST TOI…
… LA CHARNIÈRE CENTRALE DE NOTRE SYSTÈME OPÉRATIONNEL.

EUH...
...
JE NE SAVAIS PAS...
... QUE JE TENAIS UN RÔLE SI IMPORTANT...
...
J'ACCEPTE !
JE FERAI DE MON MIEUX...!
MERCI...
L'ENTREPRISE QUI VIENT CHEZ NOUS...

... LA SEMAINE PROCHAINE EST APDA.
!
APDA...?
C'EST L'ENTREPRISE DE KASHINOMI...!
TOUT À FAIT.
KASHINOMI EST L'UN DES INGÉNIEURS QUI NOUS ONT AIDÉS DURANT LES ÉVÉNEMENTS DE LA MAGICAL EXPO.
J'AI REÇU DE LUI...
... UNE DEMANDE PAR FAX EXTRÊMEMENT DÉTAILLÉE.
J'aimerais vraiment beaucoup beaucoup que notre société puisse intégrer votre système !
C'EST UNE ENTREPRISE DE MAGICAL GIRLS ?
APDA CO.,LTD.

APDA EST UNE ENTREPRISE DE TAILLE MOYENNE, AVEC UNE BONNE STABILITÉ.
ELLE EMPLOIE UN GRAND NOMBRE DE MAGICAL GIRLS.
ELLE NOUS ENVOIE UNE PERSONNE PARTICULIÈREMENT MOTIVÉE.
APDA
KASHINOMI VIENDRA LE PREMIER JOUR, POUR NOUS SALUER.
VOUS POURREZ LUI POSER DES QUESTIONS À CE MOMENT-LÀ, SI VOUS LE SOUHAITEZ.
BIEN...
UNE PERSONNE MOTIVÉE...

LE PLUS RAPIDE POUR APPRENDRE, C'EST LA PRATIQUE, MAIS...
... JE PENSE QUE LE PREMIER JOUR SERA SURTOUT CONSACRÉ À LA PRISE DE CONTACT.
TOUT À FAIT.
KANA...
NE T'INQUIÈTE PAS COMME ÇA.
OUI, PARDON.
JE COMMENCE DÉJÀ À STRESSER.
Haha ha...
TU N'AS QU'À AVOIR SUR TOI UN BEAU PORTEFEUILLE ET UNE BELLE MONTRE, POUR NE PAS ÊTRE STRESSÉE !
PARDON ?

SI TU TE FAIS PRENDRE DE HAUT DÈS LE PREMIER COUP D'ŒIL, APRÈS C'EST FOUTU !
SOIGNE LES APPARENCES, D'ACCORD ?!
GNAH
OUI...
JE VAIS DEVOIR FORMER QUELQU'UN...
MAIS ELLE A RAISON, JE DOIS AVOIR CONFIANCE EN MOI.
C'EST MOI QUI AI LE SAVOIR, APRÈS TOUT.
Kana, faut rentrer ton pouce dans ton poing.
CO. LTD.
LE JOUR VENU...

CLIC
カチ
CLAC
コチ
AH, SALUT, KANA !
T'ES SUPER BIEN FRINGUÉE, DIS-MOI !
BONJOUR, KOSHI-GAYA...
C'EST UN ENSEMBLE DANS LEQUEL JE ME SENS EN CONFIANCE... C'EST DÉJÀ ÇA...
Je l'ai choisi avec Lily...
MAIS C'EST PARFAIT, ÇA ! PERSONNE N'OSERA T'EMBÊTER, TU VERRAS !
J'AI HÂTE DE RENCONTRER LES GENS D'APDA.
NIKOYAMA, AIDE-MOI À RANGER LA TABLE, S'IL TE PLAÎT.
STICK SUGAR

J'ESPÈRE QU'ILS VONT APPRÉCIER...
... NOTRE SYSTÈME OPÉRATIONNEL.
MOI AUSSI.
VRÔÔÔÔ
ILS ARRIVENT VERS 11 HEURES, C'EST BIEN ÇA ?
OUI...
ILS NE DEVRAIENT PLUS TARDER.

MAGILUMIÈRE...
ÇA A L'AIR D'ÊTRE UNE SOCIÉTÉ INTÉRESSANTE...
C'ÉTAIT TELLEMENT IMPRESSIONNANT, À L'EXPO ! TU AURAIS DÛ VOIR LA...
KASHINOMI, VOUS M'AVEZ DÉJÀ RACONTÉ CETTE HISTOIRE UN NOMBRE INCALCULABLE DE FOIS !
PARDON. MOI AUSSI, JE SUIS EXCITÉ PAR CE DÉPLACEMENT.
EN ÉTANT LA PREMIÈRE À ÉTUDIER LEUR MÉTHODE DE FONCTIONNEMENT, TU NOUS SERAS D'UNE AIDE PRÉCIEUSE.
VOUS POUVEZ COMPTER SUR MOI.
JE SUIS UNE MAGICAL GIRL QUI RÉPOND À TOUTES LES ATTENTES.

TAC
C'EST ICI !
MAHO
QUOI...?
C'EST CET IMMEUBLE SUR LE POINT DE S'EFFONDRER...?

L'opinion de Nikoyama sur Hot Road

POUR LA VESTE...
... DU BLEU MARINE, ÉVIDEMMENT.
SBLAF
UNE COULEUR QUI DONNE UNE IMPRESSION DE DOUCEUR...
JE SUIS REÇUE DANS UNE ENTREPRISE TIERCE, JE NE DOIS PAS AVOIR L'AIR TROP RIGIDE.
CHAPITRE 28 VU DE L'EXTÉRIEUR
POUR LA HAUTEUR DES TALONS, AUJOURD'HUI, 5 CM, ÇA DEVRAIT ALLER...

パタ TAP パタ TAP
TAP パタ...
MEILLEURE ÉVALUATION EN DÉPLACEMENT À L'EXTÉRIEUR
APDA ANNÉE○○
Meilleure Magical Girl de l'année :
○○ANNÉE
Plus grande contribution En tant que magical girl
ENCORE UNE HEURE... JE SUIS DANS LES TEMPS.
ÇA FAIT QUATRE ANS QUE JE SUIS MAGICAL GIRL.
JE NE PEUX PLUS PRÉTEXTER QUE JE SUIS UNE "NOUVELLE".
CHACUNE DE MES DÉCISIONS...
... A UN IMPACT SUR MON AVENIR.

UN STAGE POUR ÉTUDIER LA NOUVELLE TECHNOLOGIE D'UNE ENTREPRISE TIERCE ?
OUI. NOUS ÉTUDIONS SON ADOPTION AU SEIN DE NOTRE ENTREPRISE...
... ET JE VOUDRAIS AVOIR L'OPINION DE QUELQU'UN QUI EN A FAIT L'EXPÉRIENCE.
JE CHERCHE UNE PERSONNE QUI SERA FORMÉE EN PREMIER...
... POUR POUVOIR ENSUITE TRANSMETTRE SON SAVOIR AU RESTE DES MAGICAL GIRLS DE L'ENTREPRISE, SI CETTE TECHNOLOGIE EST BIEN RETENUE.
J'AI DU MAL À TROUVER DES PERSONNES VOLONTAIRES...
QU'EN DIS-TU, MAKINO ?
MON AVENIR EST RELIÉ...
Avancement de carrière
Directrice en trois ans

... À CHACUNE DE MES DÉCISIONS.
J'AIMERAIS...
... BEAUCOUP SAISIR CETTE CHANCE.
MAGI-LUMIÈRE...
CETTE ENTREPRISE A L'AIR VRAIMENT SINGULIÈRE...
contre les mutations à la Magical Expo
conditions réelles (Magilumière Co. Ltd)
TIC パチ
TIC パチ
ELLE A ÉTÉ FONDÉE IL Y A DIX ANS ?
ÇA NE CORRESPOND PAS À LA DATE DE LA PRIVATISATION DU SECTEUR DE LA MAGIE, C'EST PLUS RÉCENT...
CHOISIR LE MODÈLE DE LA START-UP POUR UNE ENTREPRISE DE MAGICAL GIRLS, C'EST UN PARI INTÉRESSANT...
JE ME DEMANDE À QUOI RESSEMBLE CETTE SOCIÉTÉ...

Moi, c'est Hitomi ! Hitomi Koshigaya !
Au début, j'peux paraître un peu distante...
... mais tu trouveras pas plus motivée que moi !
Midorikawa, responsable des ventes.
J'ai acheté ces gâteaux l'autre jour, sans occasion spéciale...
Veuillez les accepter, en gage des nouveaux liens d'amitié entre nos deux sociétés.
Manjû Rarissimes
Production journalière : 0,5 manjû
...
...
...
Euh... Voici Nikoyama, notre ingénieur.
Moi, je m'appelle Sakuragi. C'est moi qui vais vous former.
Je suis ravie de vous rencontrer !

JE SUIS SHIGEMOTO, LE DIRECTEUR.
JE VOUS REMERCIE DE PRENDRE EN CONSIDÉRATION L'ADOPTION DE NOTRE SYSTÈME OPÉRATIONNEL.
...
...
...

MAKiNO, PRÉSENTE-TOi VOYONS...
HA
JE VOUS PRIE DE M'EXCUSER !
JE SUiS RESTÉE BLOQUÉE UN iNSTANT, CAR LE CHOC ÉTAiT TROP iMPORTANT.
ÇA ARRiVE SOUVENT.
JE SUiS AKANE MAKiNO, EMPLOYÉE DE LA SOCiÉTÉ APDA.
KASHiNOMi M'A PARLÉ DE VOTRE SOCiÉTÉ, ET J'Ai ÉGALEMENT ViSiONNÉ VOTRE ViDÉO EN LiGNE.
JE DÉCOUVRE UN CADRE DE TRAVAiL TOUT À FAiT UNiQUE !
JE VOiS QUE L'iNDiViDUALiTÉ DE CHACUN EST RESPECTÉE...

VOUS-MÊME, VOUS PORTEZ DES VÊTEMENTS TRÈS ORIGINAUX.
QUELLE EST VOTRE INTENTION, DERRIÈRE CETTE FAÇON DE VOUS VÊTIR ?
BROUHAHA
ざわ…
OUAH ! ELLE PASSE DIRECT DE SA PRÉSENTATION À UNE QUESTION AU PATRON SUR SES FRINGUES !
IL FAUT PAS LA SOUS-ESTIMER, CELLE-LÀ !
ELLE DONNE L'IMPRESSION D'ÊTRE QUELQU'UN D'EXTRÊMEMENT SÉRIEUX…
MAKINO…!
UN PROBLÈME, KASHINOMI ?
JE SUIS EN TRAIN DE POSER UNE QUESTION.
JE SUIS LÀ POUR APPRENDRE, JE VOUS LE RAPPELLE.

AH ! SE POURRAIT-IL...
... QUE VOUS VOUS APPRÊTIEZ À LANCER UNE LIGNE DE VÊTEMENTS POUR MAGICAL GIRLS ?
EN TANT QUE PATRON, VOUS VOULEZ PORTER AVEC FIERTÉ LES VÊTEMENTS QUE VOUS AVEZ CRÉÉS...?
C'EST TROP DRÔLE !
HI HI
J'ESPÈRE QUE JE VAIS RÉUSSIR À LA FORMER...
NON...
CE NE SONT PAS MES INTENTIONS.
GNH
CETTE TENUE...

... EST LE SYMBOLE DE MA DÉTERMINATION PERSONNELLE.
...?
VOTRE DÉTERMI-NATION...?
DE QUOI VOULEZ-VOUS...

BIP BIP BIP BIP BIP BIP BIP
HA
PARDON, J'AI RÉGLÉ UNE ALARME POUR LE DÉJEUNER.
IL EST PILE 11 HEURES 30.
KASHINOMI, VOUS DEVEZ RETOURNER DANS VOS LOCAUX À 12 HEURES 30, N'EST-CE PAS ?
SOUHAITEZ-VOUS FAIRE LE TOUR DES NÔTRES AVANT DE PARTIR ?
ÇA NE VOUS DÉRANGE PAS ?!
AH, C'EST DÉJÀ LA MI-JOURNÉE...
SAKURAGI...
PROFITE DONC DE L'OCCASION POUR ALLER DÉJEUNER AVEC MAKINO.

TU ES SA FORMATRICE.
JE COMPTE SUR TOI POUR BIEN COMMUNIQUER !
EUH... OUI...
VOUS AVEZ RAISON ! C'EST GÉNIAL, SAKURAGI !
MENU
C'EST VRAI QUE C'EST MEILLEUR, QUAND ON MANGE EN LISANT LES DÉTAILS DU MENU !
EST-CE UNE DES RAISONS DU SUCCÈS DE VOTRE ENTREPRISE...?
EUH... NON, JE N'IRAIS PAS JUSQUE-LÀ...

J'AI FAIT PAS MAL DE RECHERCHES, EN AMONT DE NOTRE STAGE.
J'AIMERAIS EN APPRENDRE LE PLUS POSSIBLE SUR VOTRE SOCIÉTÉ.
REGARDEZ !
Magilumière Co. Ltd.
SWIH
?
UN CARNET DE NOTES...?
J'Y AI INSCRIT TOUTES LES QUESTIONS QUE JE SOUHAITE VOUS POSER.
JE VOUS ENVERRAI LE FICHIER AU FORMAT PDF.
Magilumière Co. Ltd.
SERAIT-CE LA NORME, DANS LEUR SOCIÉTÉ...?
FAX À RALLONGE
VOTRE ENTREPRISE POSSÈDE UN SAVOIR TECHNOLOGIQUE INTÉRESSANT...
... MAIS SA MISE EN VENTE À D'AUTRES ENTREPRISES ME SEMBLE UN PEU PRÉCIPITÉE.

VOUS N'AVEZ JAMAIS EXPOSÉ À LA MAGICAL EXPO...
... ET VOUS NE CHERCHEZ PAS À VOUS AGRANDIR.
Votre toit est pourri, aussi.
Magilumière Co. Ltd.
AVEC PEU D'EMPLOYÉS, NOUER DES RELATIONS AVEC D'AUTRES SOCIÉTÉS EST DIFFICILE.
JE ME SENS TRÈS CHANCEUSE DE POUVOIR AVOIR UN APERÇU DE VOS HABITUDES, EN TANT QUE STAGIAIRE.
VRAIMENT...?
CE QU'ELLE DIT EST JUSTE.
J'AI LE SENTIMENT QUE LES RELATIONS PERSONNELLES DU PATRON SONT RELATIVEMENT LIMITÉES.
MAIS DITES-MOI, SAKURAGI...
... QU'EST-CE QUE ÇA FAIT DE TRAVAILLER DANS UNE SOCIÉTÉ FONDÉE PAR UN INGÉNIEUR AUSSI TALENTUEUX ?

HEIN ?
UN INGÉNIEUR ...?
HM ? SI JE NE ME TROMPE PAS...
... VOTRE PATRON, SHIGEMOTO, ÉTAIT UN INGÉNIEUR, À LA BASE.
FLIP
AH BON...
JE DOIS AVOUER QUE JE L'IGNORAIS...
VRAIMENT...?
C'EST LA PREMIÈRE FOIS QUE J'ENTENDS ÇA...

LE FAIT QU'IL APPARTIENT À LA GÉNÉRATION QUI A CONNU LES ÉVÉNEMENTS D'IL Y A 15 ANS...
... N'EST SANS DOUTE PAS ÉTRANGER À SA VOLONTÉ DE CRÉER UN SYSTÈME CAPABLE DE LUTTER CONTRE LES MUTATIONS...
CLING
CLING
QUELS ÉVÉNEMENTS...?
HA...!
C'EST VRAI...
VOUS NE DEVIEZ PAS ÊTRE ÂGÉE DE PLUS DE 6 OU 7 ANS, À L'ÉPOQUE.
JE PARLE DU "MONSTRE DÉSASTRE".

LE "MONSTRE DÉSASTRE"...
C'EST LE NOM QU'ON A DONNÉ AU MONSTRE DE CLASSE S QUI EST APPARU DANS LE DÉPARTEMENT A, IL Y A 15 ANS.
IL Y A EU DES VICTIMES AUSSI BIEN DANS LA POPULATION QUE CHEZ LES MAGICAL GIRLS.
LE NOMBRE D'ENTREPRISES PRIVÉES DE MAGICAL GIRLS A EXPLOSÉ APRÈS ÇA, MAIS...
... AUCUN MONSTRE N'A JAMAIS DÉPASSÉ LA FORCE DESTRUCTRICE DE CELUI-LÀ JUSQU'À PRÉSENT.
AUJOURD'HUI, ON PENSE QUE C'ÉTAIT UN MONSTRE AYANT SUBI D'IMPORTANTES MUTATIONS...
... ET QUE LES CIRCONSTANCES DÉFAVORABLES SE SONT ACCUMULÉES POUR ARRIVER À UN DÉSASTRE AUSSI CONSÉQUENT, MAIS...
LA RÉALITÉ DERRIÈRE LES FAITS
... ON NE CONNAÎT TOUJOURS PAS LE FIN MOT DE L'HISTOIRE.
LES SOUVENIRS DE L'ÉPOQUE SONT EN TRAIN DE S'EFFACER, MAIS...
... CELA DOIT RESTER UN TRAUMATISME IMPORTANT POUR LES PERSONNES DES GÉNÉRATIONS PRÉCÉDENTES.

UN TRAUMATISME...
JE VOIS...
TOUT CE QUE JE CONNAIS DE MAGILUMIÈRE VIENT DE MON EXPÉRIENCE AU SEIN MÊME DE L'ENTREPRISE, MAIS...
Magilumière Co. Ltd.
... POUR LES PERSONNES DE L'EXTÉRIEUR, C'EST DONC AINSI QUE LA SOCIÉTÉ EST PERÇUE...
C'EST VRAI QUE LES ÉLÉMENTS INCONGRUS NE MANQUENT PAS.
LA DÉCISION SOUDAINE DE NOUS OUVRIR VERS L'EXTÉRIEUR...
DES RELATIONS RESTREINTES...
DES LIENS AVEC DES ENTREPRISES RENOMMÉES...

J'AI HÂTE DE VOIR CE QUE DONNERA VOTRE TRAVAIL EN CONDITIONS RÉELLES, DEMAIN !
UN ÉVÉNEMENT QUI RESTERAIT INSCRIT DANS L'HISTORIQUE DE MA CARRIÈRE !
J'ESPÈRE QU'ON AURA UN GROS MONSTRE À ÉLIMINER...
PAF
SAKURAGI !
JE COMPTE SUR VOUS POUR M'ENSEIGNER PLEIN DE CHOSES !
Magilumière Co. Ltd.
LA "DÉTERMINATION" ÉVOQUÉE PAR LE PATRON...
MOI AUSSI, J'AI ENVIE D'EN APPRENDRE PLUS...
... SUR MAGILUMIÈRE...!
OUI...!

DESSIN BONUS

L'appel de Kana à Lily, la veille

"J'AI PU EFFECTIVEMENT CONSTATER QUE MANGER EN LISANT LE MENU..."
"... AMÉLIORAIT LE GOÛT DES PLATS."
SHOUP
j'ai appris que
en lisant
CHAPITRE 29 LA BRILLANTE AKANE
VOILÀ, C'EST PAS MAL.
EST-CE QUE J'OUBLIE QUELQUE CHOSE...?
FLIP
Magilumière Co. Ltd.
MAGILUMIÈRE...

MAGILUMIERE CO. LTD.
TOUT EST ORIGINAL CHEZ EUX, ET TOUT A L'AIR ÉTRANGE...
IL FAUT DIRE QUE FAIRE LA DÉCOUVERTE D'UNE NOUVELLE SOCIÉTÉ, ÇA NE SE FAIT JAMAIS FACILEMENT !
Manjū Rarissimes
TOUT ÉTAIT VRAIMENT PASSIONNANT, AUJOURD'HUI.
LES VÊTEMENTS DU PATRON LUI VONT BIEN, ÉTRANGEMENT...
SAKURAGI, MA FORMATRICE...
... FAIT ENCORE DÉBUTANTE, MAIS ON SENT QUE C'EST QUELQU'UN DE BIEN.
MENU
Hmm
MAGILUMIÈRE CO. LTD.
DEMAIN, PLACE À LA MISE EN PRATIQUE...

○○ANNÉE
Plus grande contribution
En tant que magical girl
MEILLEURE ÉVALUATION EN DÉPLACEMENT À L'EXTÉRIEUR
APDA ANNÉE○○
Meilleure Magical Girl de l'année : Akane Makino
JE NE SUIS PAS INQUIÈTE, JE SAIS QUE JE SUIS CAPABLE D'ASSURER.
BIEN !
JE COMPTE BIEN ENGRANGER TOUT LE SAVOIR-FAIRE POSSIBLE !
DEUXIÈME JOUR...
EN PRÉVISION DE L'ESSAI EN CONDITIONS RÉELLES...
... JE VAIS FOURNIR DES EXPLICATIONS SUR NOTRE SYSTÈME OPÉRATIONNEL, LE "SYSTÈME ALICE".

ALICE...?
C'EST SOUS CE NOM QUE NOUS ALLONS PROPOSER NOTRE SYSTÈME À LA VENTE.
JE ME SUIS DIT QUE CE SERAIT PLUS PRATIQUE QU'IL EN AIT UN.
IL A DÛ PRENDRE LE PREMIER NOM QUI LUI VENAIT À L'ESPRIT...
CE QUI DISTINGUE LE SYSTÈME ALICE DES AUTRES SYSTÈMES, C'EST L'EXISTENCE D'UN SOUTIEN LOGISTIQUE.
NOTRE SYSTÈME IMPLIQUE UNE COMMUNICATION PERMANENTE ENTRE LES MAGICAL GIRLS ET L'INGÉNIEUR, EN COURS D'INTERVEN-TION...
... ET LA POSSIBILITÉ DE CRÉER DE NOUVEAUX SORTS EN TEMPS RÉEL.
CE TYPE DE SYSTÈME N'EXISTE DANS AUCUNE AUTRE ENTREPRISE.

AH BON...?!
NOUS SOMMES LES SEULS...?
C'EST VRAI QUE TU N'ES PAS AU COURANT, KANA.
NORMALEMENT, LES MAGICAL GIRLS NE PEUVENT COMPTER QUE SUR ELLES-MÊMES, EN INTERVENTION.
ELLES N'UTILISENT QUE LA MAGIE QUI EST PRÉENREGISTRÉE DANS LEUR BAGUETTE.
NOUS SOMMES LES SEULS À FABRIQUER DE NOUVEAUX SORTS EN ÉTANT SUR PLACE.
MAINTENANT QU'ELLE LE DIT...
C'EST VRAI QUE LILY ET TSUCHIBA NE RENDAIENT DE COMPTE À PERSONNE...
PARLER AVEC UN INGÉNIEUR, JE N'AI JAMAIS ENTENDU UNE TELLE CHOSE...
DE QUOI LUI PARLEZ-VOUS, CONCRÈTEMENT...?

EH BIEN... ON LUI COMMUNIQUE LA SITUATION SUR PLACE...
... ON LUI DONNE LES DÉTAILS LORSQU'ON A BESOIN D'UN NOUVEAU SORT...
PAR EXEMPLE, LA TAILLE DU PENTACLE, LE TYPE D'ENDROIT OÙ ON A BESOIN DE LE DÉPLOYER, LES EFFETS RECHERCHÉS, LA PUISSANCE NÉCESSAIRE...
... ÉVENTUEL-LEMENT LA LIAISON AVEC D'AUTRES SORTS, LE TYPE DE MONSTRE... ET J'EN PASSE...
VRAIMENT ?!
TANT DE DÉTAILS...?
T'EN FAIS PAS, VA. AU DÉBUT, C'EST PAS LA PEINE D'ÊTRE AUSSI PRÉCISE.
TU PEUX LUI DIRE "BAAAM", OU "SHLAF", ÇA IRA TRÈS BIEN.
BA... BAAAM...?

ON PEUT RÉGLER LES SORTS ET LA TAILLE DES PENTACLES...
... POUR LA MAGIE QUI EST PRÉENREGISTRÉE DANS NOTRE BAGUETTE.
MAIS DANS CETTE ENTREPRISE...
NIKO, SI JE TE DIS "BLAAAM", "SHLAF", ET "VLAN" ?
UN SORT DE 50 CM DE DIAMÈTRE AVEC UNE GRANDE EXPLOSION...
... ENSUITE, UN SORT DE PETIT DIAMÈTRE MAIS EXÉCUTÉ RAPIDEMENT...
... ET POUR FINIR, UN SORT UNIQUE ET PUISSANT, RÉSISTANT À L'EAU. TOUT EST CLAIR.
VOUS VOYEZ ? ON SE COMPREND !
... ILS RÉFLÉCHISSENT À LA MAGIE DONT ILS ONT BESOIN POUR L'INVENTER DIRECTEMENT.
Système Alice
Soutien
- Ingénieur
- Création de magie
C'EST DINGUE...
ÇA A L'AIR COMPLIQUÉ...
C'EST PASSIONNANT !

LE SYSTÈME ALICE EST VRAIMENT TRÈS INTÉRESSANT !
J'AI HÂTE DE L'ESSAYER.
C'EST VRAI ? TANT MIEUX !
cafe
QU'EST-CE QUI VOUS FAIT ENVIE ?
JE PENSE QUE JE VAIS ESSAYER ÇA, MOI.
CAFÉ SANS
IMPORTE LE GOÛT !
SMOOTHIE HYPER-PROTÉINÉ
BANANES
POULET VAPEUR
ÇA DEVRAIT ME DONNER DES FORCES, AVANT L'INTERVENTION DE CE SOIR.
VOUS... VOUS ÊTES SÛRE...?
J'AI ENVIE DE M'APPROPRIER TOUT CE QUI EST NOUVEAU ET INTÉRESSANT.
TOC
C'EST LA RAISON POUR LAQUELLE J'AI ACCEPTÉ CE STAGE.

LE SMOOTHIE PROTÉINES (JE RACCOURCIS LE NOM).
J'AI ENVIE D'AVOIR LE PLUS DE CHOIX POSSIBLE DEVANT MOI.
SLURP
C'EST HORRIBLE.
MAKINO ...?
POUAH
C'EST BIZARRE... TOUS LES INGRÉDIENTS SONT BONS, POURTANT.
ÇA VA ALLER ?
OUI, ÇA NE M'EMPÊCHERA PAS DE LE BOIRE.
FAIRE UN CHOIX, C'EST SE PRÉPARER À EN ASSUMER LES CONSÉQUENCES.

QUAND ON VEUT FAIRE CARRIÈRE, ON DOIT FAIRE DES CHOIX.
CETTE FEMME M'IMPRESSIONNE...
JE NE PENSAIS PAS QU'IL ÉTAIT POSSIBLE...
... DE SE MONTRER AUSSI POSITIF FACE À UN SMOOTHIE IMBUVABLE...
MAIS ELLE A PARLÉ...
... DE LA RESPONSABILITÉ QUI ACCOMPAGNE UN CHOIX...
DE MON CÔTÉ, J'AI FAIT LE CHOIX DE LA FORMER PENDANT SA PÉRIODE DE STAGE CHEZ NOUS.
JE DOIS PRENDRE MON RÔLE AU SÉRIEUX !
MIERE CO. LTD.

AKANE MAKINO, DE LA SOCIÉTÉ APDA...
... VA MAINTENANT PROCÉDER À SA TRANSFORMATION...
... EN TENUE DE MAGICAL GIRL !
JE ME DEMANDE À QUOI RESSEMBLE SA TRANSFORMATION.
LA SOCIÉTÉ APDA MET L'ACCENT SUR LA TENUE DES MAGICAL GIRLS AU COURS DE LA TRANSFORMATION, ET PREND POUR IMAGE UNE PERSONNE QUI S'HABILLE LE MATIN. IL EST COMMUNÉMENT ADMIS QUE...
BLA BLA BLA BLA BLA
FUP
PERSON-NELLEMENT, C'EST LE RÉSULTAT QUI M'INTÉRESSE.

OUVERTURE DU PLACARD !
SBAH
TAP
TOC
TAP
TOC
TOC
MODE ENSOLEILLÉ !

SBAH
SBAH
SBAH
SBAH
HABILLAGE !
DAH

PAAH
SHHHOU
FOUAH
SHLING
SWOOSH

TAC
TING
FIERTÉ ET ESPOIR SONT MES DEUX FORCES !
FAITES PLACE À LA BRILLANTE AKANE !
SBAAANG

LES TENUES DANS LES TONS JAUNES ET LES TONS ORANGÉS SONT VRAIMENT LES MEILLEURES, PAS VRAI ?
ÇA A UN CÔTÉ CLASSIQUE QUI ME MET LA LARME À L'ŒIL !
ON SENT QUE LES INGÉNIEURS QUI ONT CONÇU ÇA ONT GARDÉ TOUS LEURS RÊVES D'ENFANTS.
ET POURTANT, CE N'EST PAS UNE COPIE PARFAITE DE CE QUI SE FAISAIT AVANT. LES TOUCHES D'ORIGINALITÉ SONT TRÈS APPRÉCIABLES.
NE VOUS INQUIÉTEZ PAS, CE N'EST PAS LA PEINE DE PRÊTER ATTENTION À CE QU'ILS DISENT !
OOOH !
ほぅ
SHLING
SHLING
TRANS-FORMATION TERMINÉE !
GLOUP
VOTRE TENUE EST COMPLÈ-TEMENT DIFFÉRENTE DE CELLE DE VOTRE PATRON...
POURQUOI ...?
C'EST UNE BONNE QUESTION...

L'APPARITION SE SITUE DANS UNE VIEILLE CITÉ, DANS UNE ZONE QUI DOIT ÊTRE RÉHABILITÉE.
ELLE A ÉTÉ REPÉRÉE À L'ÉTAPE DU DÉMOLISSAGE DES BÂTIMENTS...
... MAIS IL SE PEUT QU'ELLE SOIT LÀ DEPUIS PLUSIEURS MOIS DÉJÀ.
ON NOUS A INFORMÉS QUE LE OU LES MONSTRES SE MANIFESTAIENT DANS L'ÉCLAIRAGE PUBLIC, DEVENU VÉTUSTE.
CELA ÉTANT DIT...
... AVEC LE TEMPS QUI S'EST ÉCOULÉ DEPUIS LA NAISSANCE DU PHÉNOMÈNE...
... IL SE PEUT QUE VOUS AYEZ AFFAIRE À UNE MUTATION.
VOUS ÊTES DÉPLOYÉES TOUTES LES TROIS.

MAG
MAKINO, TU RESTES EN BINÔME AVEC SAKURAGI, SAUF CONTRORDRE.
LA ZONE TOUCHÉE EST ÉTENDUE. VOUS VOUS PARTAGEREZ LE TERRAIN À COUVRIR AVEC KOSHIGAYA.
OUI !
O.K. !
NIKOYAMA, TU VAS DEVOIR GÉRER TROIS MAGICAL GIRLS, ÇA VA ALLER ?
SI J'AI UN SOUCI, JE DEMANDERAI AU PATRON DE ME VENIR EN AIDE.
LE PATRON...
QU'EST-CE QUE ÇA FAIT DE TRAVAILLER DANS UNE SOCIÉTÉ FONDÉE PAR UN INGÉNIEUR AUSSI TALENTUEUX ?
C'EST TOI, LA CHARNIÈRE CENTRALE DE NOTRE SYSTÈME OPÉRATIONNEL.

PSHOU
JE VAIS MONTRER...
... QUE JE SUIS CAPABLE DE MAÎTRISER LE "SYSTÈME ALICE" EN UN RIEN DE TEMPS !
AUJOURD'HUI, JE NE SUIS PAS EN BINÔME AVEC KOSHIGAYA.
JE DOIS ME MONTRER À LA HAUTEUR...!
RAMEN...

Kashinomi,
de retour dans les locaux d'Apda

CHAPITRE 30 COMPTEZ SUR MOI
SCRITCH
CLAC
SCRR
SCRITCH
BRRR
SCRRRITCH
BRRR
IL NIDIFIE DANS LES LAMPES...
C'EST PAREIL DANS TOUTE LA ZONE.
SCRITCH
BRRR
BON ! MADAME LA FORMATRICE...
JE TE LAISSE DONNER LES EXPLICATIONS À AKANE !
OUI !
EUH... TOUT D'ABORD...

... NOUS VÉRIFIONS SI LES INFORMATIONS REÇUES CORRESPONDENT À LA RÉALITÉ SUR PLACE, ET NOUS TRANSMETTONS TOUJOURS NOS TROUVAILLES À L'ÉQUIPE DE SOUTIEN.
CELA NOUS PERMET DE DÉCIDER DE LA FAÇON DE PROCÉDER POUR L'ÉLIMINATION, EN CONCERTATION.
QUAND VOUS TRANSMETTEZ CE QUE VOUS VOYEZ, ESSAYEZ DE FAIRE PREUVE D'UN MAXIMUM D'OBJECTIVITÉ ET DE CONCISION.
LES EXPLICATIONS DE SAKURAGI SONT CLAIRES...!
SWOM
SWOM
C'EST AUSSI ATTENDRISSANT QUE DE REGARDER UN LIONCEAU APPRENDRE LA CHASSE À SA FRATRIE...
DANS LE CAS PRÉSENT, PAR EXEMPLE...
... NOUS AVONS REPÉRÉ DES ANOMALIES À L'INTÉRIEUR DE PLUSIEURS LAMPES DU MOBILIER URBAIN.
SI NOUS DÉTRUISONS LES LAMPES, NOUS SERONS PLONGÉES DANS LE NOIR ET NOUS NOUS METTRONS EN DANGER.

SI ON VEUT ÉVITER DE CASSER LES LAMPES...
... ET QU'ON CONSIDÈRE QU'UN SEUL COUP FATAL PUISSE ÊTRE L'IDÉAL...
... ON PEUT ENVISAGER UN PENTAGRAMME SPHÉRIQUE, UN PENTAGRAMME PARTIELLEMENT RENFORCÉ, OU ENCORE UN PENTAGRAMME FIXE...
HEIN ?!
VOUS VENEZ DE PENSER À TOUT ÇA EN UN INSTANT ?!
EUH... OUI, MAIS CE N'EST PAS GRAND-CHOSE.
JE ME SUIS CONTENTÉE DE DIRE À HAUTE VOIX LES IDÉES QUI ME SONT VENUES À L'ESPRIT...
QUOI QU'IL EN SOIT, LA RÉGULATION DE LA FORCE ME SEMBLE COMPLIQUÉE POUR CHACUNE DE CES SOLUTIONS...
PEUT-ÊTRE, MAIS C'EST POSSIBLE !
GRÂCE AU SYSTÈME... AKOGI !
C'EST "ALICE", KOSHIGAYA.

C'EST LE MOMENT DE FAIRE APPEL À NIKO.
NIKO...
COMBIEN Y A-T-IL DE LAMPES, EN TOUT ?
SWAM
J'ATTENDAIS CETTE QUESTION.
TAC TAC
IL Y EN A 12.
DEUX DEVANT CHAQUE IMMEUBLE, ET DEUX À L'ENTRÉE DE LA CITÉ.
TAC
TAC TAC
TAC
J'EN PRENDS LA MOITIÉ !
KANA ET AKANE, JE VOUS LAISSE VOUS OCCUPER DU RESTE !
BAAM
AVEZ-VOUS UNE SUGGESTION DE MAGIE QUI PERMETTRAIT DE PROTÉGER L'INTÉGRITÉ DES LAMPES ?
DES PENTAGRAMMES SPHÉRIQUES, DANS L'IDÉAL...
... MAIS ÇA VA ME PRENDRE UN PEU DE TEMPS POUR LES CRÉER.

BOM
DANS CE CAS, POURQUOI NE PAS UTILISER PLUSIEURS COUCHES DE MAGIE ORDINAIRE ?!
ON PEUT FAIRE UN COPIER-COLLER D'UN PENTAGRAMME POUR EN DÉPLOYER PLUSIEURS D'UN COUP !
BAM
BONNE IDÉE ! ÇA PERMETTRA DE FAIRE UNE ÉCONOMIE IMPORTANTE, EN ÉVITANT DE CRÉER UN NOUVEAU PENTAGRAMME !
BIEN ! J'AI PAS TOUT COMPRIS, MAIS JE SUIS PARTANTE !
TAC TAC TAC
ENTENDU ! JE PEUX VOUS ENVOYER LES SORTS RAPIDEMENT, EN PROCÉDANT AINSI.
LE TRANSFERT DEVRAIT ÊTRE ACHEVÉ D'ICI CINQ MINUTES ENVIRON POUR TOUTES LES TROIS !
SBLAM
Plan de la zone.
JE M'OCCUPE DES IMMEUBLES UN À TROIS. OCCUPEZ-VOUS DES IMMEUBLES QUATRE ET CINQ.
D'AC-CORD !
TRANSFERT DE MAGIE TERMINÉ !
LE TEST S'EST MONTRÉ CONCLUANT !
DÉPLOIEMENT DU MODÈLE 5 EN MODE MULTICOUCHE !
DA DA DA DA DA

BAAAM
SWAAAM

FRÔÔÔÔ
L'ACQUISITION EST RÉUSSIE POUR L'ENSEMBLE DES 12 LAMPES !
DOONG
YEAAAH
LES DOIGTS DANS LE NEZ !
BIEN JOUÉ, TOUT LE MONDE !

TOUT S'EST TERMINÉ...
... À LA VITESSE DE L'ÉCLAIR...
NOUS SOMMES TROIS, MAIS ÇA N'EMPÊCHE QUE C'ÉTAIT VRAIMENT RAPIDE...
VOILÀ LA FORCE DE CE SYSTÈME...
SAKURAGI SORT À PEINE DE L'UNIVERSITÉ, MAIS ELLE EST DÉJÀ EXTRÊMEMENT COMPÉTENTE...
J'AURAIS AIMÉ...

... APPORTER PLUS DE CONTRIBUTION...
HEIN ?!
QUE SE PASSE-T-IL, NIKO ?
JE NE SAIS PAS POURQUOI, MAIS... LA ZONE...
RECHERCHE EN COURS
5 %
... CONTINUE DE FAIRE RÉAGIR LE SCANNER. C'EST FAIBLE, MAIS C'EST TOUJOURS LÀ.

LES LAMPES ONT BIEN ÉTÉ DÉBARRASSÉES DE TOUTE ACTIVITÉ ANORMALE...
... MAIS UNE ANOMALIE EST TOUJOURS DÉTECTÉE...
IL SE PEUT QUE LES MONSTRES SE SOIENT DÉPLACÉS QUELQUE PART.
IL VAUT MIEUX CONTINUER LES RECHERCHES DANS LA ZONE.
COMPRIS !
REFAISONS NOTRE CHEMIN À L'ENVERS, POUR COMMENCER.

COMME TOUT À L'HEURE, JE M'OCCUPE DES BÂTIMENTS UN À TROIS.
ALLEZ VOIR LE RESTE DE LA ZONE, TOUTES LES DEUX.
COM-PRIS !
COMPRIS !
...
KANA !

NE QUITTE PAS...
... AKANE DES YEUX.
...
OUI...
QUE DIRIEZ-VOUS SI JE M'OCCUPAIS DU QUATRE...
... PENDANT QUE JE M'OCCUPE DU CINQ ?! ENTENDU !
AH ! MAIS NE VOUS ÉLOIGNEZ PAS TROP, JE VOUS PRIE.
ET S'IL Y A LE MOINDRE PROBLÈME, CONTACTEZ-MOI TOUT DE...

PRIORITÉ À LA COMMUNI-CATION, PAS VRAI ?!
NE VOUS INQUIÉTEZ PAS, VOUS POUVEZ COMPTER SUR MOI !
JE SUIS IMPRESSIONNÉE PAR SA CONFIANCE. C'EST LA PREMIÈRE FOIS QU'ELLE EXPÉRIMENTE CE SYSTÈME DE TRAVAIL QUI EST NOUVEAU POUR ELLE.
ELLE N'HÉSITE PAS À EXPRIMER SON OPINION, ET ELLE SEMBLE MOTIVÉE.
NOUS SOMMES TELLEMENT DIFFÉRENTES...
TAP

TAP
LE JOUR COMMENCE À TOMBER...
C'EST UNE CITÉ ABANDONNÉE. ON N'Y VERRA BIENTÔT PLUS RIEN...
ON A TOUT INTÉRÊT À EN FINIR RAPIDEMENT.
TAP
JE NE DOIS PAS OUBLIER...
... QUE LA PRISE DE DÉCISION SUR PLACE EST L'UN DES POINTS LES PLUS IMPORTANTS DU SYSTÈME ALICE.
TAP
FAIRE DES VÉRIFICATIONS À L'AVEUGLE NE SERT À RIEN.
IL FAUT SE CONCENTRER SUR LES ENDROITS QUE POURRAIT APPRÉCIER UN MONSTRE DE TYPE ÉLECTRIQUE.

AH, MAIS OUI...!
L'ÉCLAIRAGE DES PARTIES COMMUNES !
RECHERCHE EN COURS
8 %
ALORS ?
PARVIENS-TU À LOCALISER L'ANOMALIE ?
C'EST DIFFICILE, CAR SON SIGNAL EST TRÈS FAIBLE.
IL SEMBLERAIT QUE CE SOIT LA MÊME SORTE D'ANOMALIE QUE CELLE DE L'ÉCLAIRAGE PUBLIC, MAIS...

RIEN NE S'ÉCHAPPE DES LAMPES...
IL N'Y A PAS DE RÉSIDU APRÈS L'ACQUISITION DES CIBLES DE TOUT À L'HEURE...
SI LE SIGNAL EST FAIBLE...
... ÇA NE DOIT PAS PROVENIR DU SOL...
TOC
LA VERDURE...
... ME SEMBLE NORMALE.

J'TE JURE... ÇA ME FLINGUE LE DOS, CETTE HISTOIRE.
MOI AUSSI, JE MANQUE D'ENTRAÎNEMENT...
KANA !!

OUI ?! QU'Y A-T-IL ?!
OÙ ES-TU ?!
AKANE EST AVEC TOI ?!
JE SUIS AU NIVEAU DES BOSQUETS, À L'ARRIÈRE DE L'IMMEUBLE QUATRE.
MAKINO EST JUSTE À CÔTÉ DE...
HEIN ?

MA...
MAKINO...?
KANA, DÉPÊCHE-TOI DE LA REJOINDRE !
CETTE ZONE CRAINT À MORT !
TROUVE AKANE ET ÉLOIGNEZ-VOUS IMMÉDIATEMENT DES IMMEUBLES !

CHAPITRE 31 ✦ TOUT VA BIEN

ゴッ
TOC
TROUVE AKANE ET ÉLOIGNEZ-VOUS...
... IMMÉDIATEMENT DES IMMEUBLES !

NOUS N'AVONS PAS AFFAIRE À UN MONSTRE ÉLECTRIQUE...
... MAIS À UN MONSTRE DE FLAMMES, QUI AIME REMPLIR LES PETITS ESPACES.
FRÔÔH
CLING!
CLING!

J'AI VU DE LA LUMIÈRE À L'UNE DES FENÊTRES, ALORS QUE LA CITÉ EST CENSÉE AVOIR ÉTÉ ÉVACUÉE.
LE FAIT QU'IL A ÉTÉ REPÉRÉ EN PREMIER DANS LES LAMPES EXTÉRIEURES N'EST QU'UN HASARD.
S'IL MUTE, IL VA SE PROPAGER À UNE VITESSE VERTIGINEUSE.
ASSURE-TOI QU'AKANE VA BIEN. C'EST TA PRIORITÉ.
JE SUIS DÉSOLÉE...
J'AI CRU AKANE QUAND ELLE M'A DIT QUE TOUT ALLAIT BIEN...
KANA...

ELLE N'EST PAS EN MESURE DE JUGER...
... CE QUI "VA BIEN" OU CE QUI "NE VA PAS BIEN".
GARDER LES YEUX OUVERTS ET ÉVALUER LA SITUATION, ÇA FAIT PARTIE DU TRAVAIL DU FORMATEUR.
AKANE ET TOI, VOUS NE JUGEZ PAS LES CHOSES DE LA MÊME FAÇON.
AH...
MAIS...

JE VOIS...
TOUT VA BIEN, KANA.
... TU AS LES RESSOURCES POUR PRENDRE LES BONNES DÉCISIONS ET RÉAGIR CORRECTEMENT.
TU ES TOUT À FAIT CAPABLE DE GÉRER CETTE SITUATION.
JUSQU'À PRÉSENT...
...KOSHIGAYA VEILLAIT TOUJOURS SUR MOI.
C'EST ÇA QU'ELLE VOULAIT DIRE...

... QUAND ELLE M'A DEMANDÉ DE GARDER UN ŒIL SUR MAKINO.
MAKINO !!
SAKURAGI ?
IL Y A UN PROBLÈME ?
HA !!

SPAH
AH, JE SUIS DÉSOLÉE...
... JE ME SUIS DIT QUE ÇA VALAIT LE COUP DE VÉRIFIER LES ÉCLAIRAGES COMMUNS, PUISQUE...
HM ?
...!!
TIP
CODE D'URGENCE BB-441 !
SWOOH

PILOTAGE AUTO-MATIQUE, MODE SAUVETAGE !!
SWOSH
QUOI ?
MAIS !
SWIP
OUAH !
HYA !
!!
SBLIIING

SBAF
BOUM
PAH
IL Y A DE LA LUMIÈRE AUX FENÊTRES...
... DES IMMEUBLES ABANDONNÉS...?!
PAH
...!
CE N'EST PAS UN MONSTRE ÉLECTRIQUE.
C'EST UN MONSTRE DE FLAMMES.
...
DE FLAMMES...!
OUGH

JE SUIS DÉSOLÉE, SAKURAGI ! JE...
JE ME SUIS MISE EN DANGER TOUTE SEULE...!
MAKINO...
JUSQU'À PRÉSENT, VOUS AVEZ SANS DOUTE OPÉRÉ LE PLUS SOUVENT SEULE.
VOUS AVIEZ TOUTE LATITUDE POUR PRENDRE DES DÉCISIONS.
NOTRE SYSTÈME DE COMMUNICATION EST NOUVEAU POUR VOUS, ET C'EST NORMAL.
MAIS JE SUIS FAUTIVE, CAR JE VOUS AI DONNÉ DES CONSIGNES SANS RÉALISER QUE VOUS NE MAÎTRISIEZ PAS NOTRE SYSTÈME.
ESSAYONS DE REPARTIR DU BON PIED !

SAKURAGI...
PAH !

JE VOIS DE LA LUMIÈRE QUI ÉMANE DE VOTRE CÔTÉ. LES FESTIVITÉS ONT COMMENCÉ ?
J'EN AI ENCORE POUR UN PETIT MOMENT, ICI. ESSAYEZ DE LE CONTENIR.
COM-PRIS !
EXTRACTION DU MODÈLE 6 !
DÉPLOIEMENT DEVANT TOUTES LES FENÊTRES !
SWAM

ELLE A DÉPLOYÉ...
... LES PENTACLES SUR TOUTE LA SURFACE DE L'IMMEUBLE...
ET TELLEMENT RAPIDEMENT...!
...!
J'AI PRIS UNE MESURE D'URGENCE, MAIS CES PENTACLES SONT TROP FAIBLES...!
MAKINO !
OUI ?!

J'AIMERAIS ADAPTER LA PUISSANCE DES PENTACLES.
POURRIEZ-VOUS VÉRIFIER L'ÉTAT DES FENÊTRES ET EN INFORMER NIKOYAMA, S'IL VOUS PLAÎT ?
...!
JE SAIS QUE VOUS ÊTES CAPABLE DE VOUS APPROPRIER TOUT DE SUITE CE QUE VOUS AVEZ APPRIS.
N'OUBLIEZ PAS DE RESTER OBJECTIVE ET LA PLUS DIRECTE POSSIBLE.

TOUT VA BIEN !
JE JURE...
... DE VOUS PROTÉGER, MÊME AU PÉRIL DE MA VIE !
...
COMPTEZ SUR MOI !
SAKURAGI...
TAP
タン!

CRRH
CRRH
LE MONSTRE ESSAYE DE BRISER LES PENTACLES...
LES FENÊTRES SONT AUSSI DÉLABRÉES QUE LE RESTE DE L'IMMEUBLE, ET SEMBLENT FRAGILES.

AKANE AU RAPPORT !
PRESQUE TOUTES LES FENÊTRES SONT FÊLÉES.
CE SONT LES FENÊTRES DU DEUXIÈME ÉTAGE QUI SEMBLENT ÊTRE LES PLUS ENDOMMAGÉES.
ENTENDU.
JE VAIS ADAPTER LA PUISSANCE DES PENTACLES À CELLE DES FENÊTRES DU SECOND ÉTAGE.
LES PENTACLES PLACÉS DEVANT LES FENÊTRES DÉJÀ CASSÉES SONT REPOUSSÉS PAR LE MONSTRE.
TAC
POUR UNE CONFIGURATION SANS FENÊTRES...
... IL FAUT AUGMENTER LA PUISSANCE DE 30 %...
TAC
TAC

J'AI FINI !
JE TRANSFÈRE LE...
CRRH
CRRH
BAOUUM

SAKU-
RAGi !!

SHLING
SHLING

SWIIM
CLING
CLING
KOSHI...
... GAYA...
JE T'AI DIT QUE...
... TOUT ALLAIT BIEN, NON...?
MAGILUMIÈRE CO. LTD. VOL. 4 - FIN

CHAPITRE BONUS

La routine sans routine de Ginji

GINJI N'A DONC PAS PU ME PARLER DE SA ROUTINE MATINALE.
EN Y RÉFLÉCHISSANT BIEN, ÇA DOIT SE RÉSUMER AU FAIT QU'ELLE VA À L'ÉCOLE...
Ce qui n'est pas une routine, d'ailleurs...
QUE FAIT-ON, KOSHIGAYA ?
DANS CE TOME, ON VOIT AUSSI MAKINO. ON POURRAIT PEUT-ÊTRE LUI DEMANDER QUELLE EST LA SIENNE...?
NON. MOI, JE CROIS SIMPLEMENT...
... QU'ELLE NE RÉALISE PAS QU'ELLE A UNE ROUTINE.

QUOI ? VOUS VOULEZ NOUS RENDRE VISITE LE MATIN ?
ÇA NE ME DÉRANGE PAS, MAIS JE VOUS PRÉVIENS, C'EST LA COURSE.
NE VOUS INQUIÉTEZ PAS, JE ME CONTENTERAI DE RESTER ASSISE ET D'OBSERVER CE QUI SE PASSE !
COCORICOOO
LE LENDEMAIN MATIN...
BAM
GINJI !
C'EST L'HEURE !
KUUUH

KUUUH
Hana
CHAUFFAGE DE L'EAU POUR LA PRÉPARATION DU THÉ AU LAIT.
CLANG
VÉRIFICATION DE LA MÉTÉO.
DIFFUSION DE LA VOIX DE NIKOYAMA (REPRODUITE ARTIFICIEL-LEMENT).
Ah bon ? Hana est encore en train de dormir ?
CLIC
GRILLAGE DU PAIN, PRÉPARATION D'UNE SALADE AUX ŒUFS.
TAC TAC TAC TAC
SBLANG
BOUM
VLAM
TA TA TATA
NI... NISHINA !
NIKOYAMA EST PASSÉ ?!
NON...
VOUS N'ÊTES PAS ENCORE BIEN RÉVEILLÉE, SANS DOUTE.
BUVEZ VOTRE THÉ AU LAIT, JE VOUS PRIE.

CHAPITRE BONUS (FIN)

MAGILUMIÈRE CO. LTD.

LISTE DES CONTRIBUTEURS

STAFF

AIDA CHIHIRO

Anniversaire : le 19 février
Saison préférée : l'automne

STAFF

YÛTO SAEZU

Anniversaire : le 30 novembre
Saison préférée : l'été !

STAFF

TAKUMA TATEISHI

Anniversaire : le 23 décembre
Saison préférée : l'été

STAFF

YÔ SHIORI

Anniversaire : le 27 avril
Saison préférée : l'hiver

STAFF

MOMO

Anniversaire : le 20 décembre
Saison préférée : l'hiver !

Magilumière Co. Ltd.

Design livres	TADASHI HISAMOCHI, SEIKO TSUCHIHASHI
Édition livres	YÛKO ABE
Responsable d'édition	SHÛ MURAKOSHI

Ce manga est publié dans son sens
de lecture originale, de droite à gauche.

Ici, vous êtes donc à la fin.

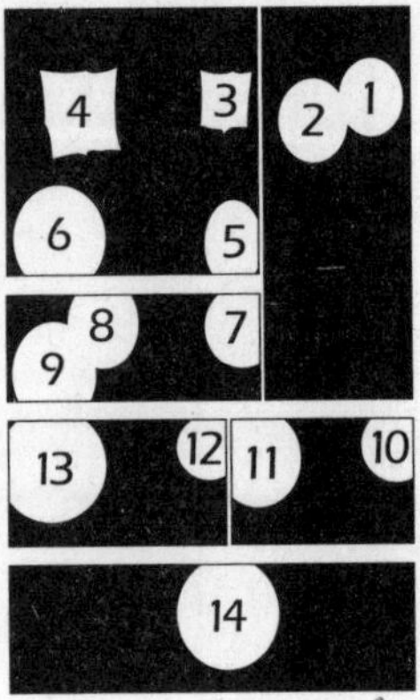

KABUSHIKIGAISHA MAGILUMIERE © 2021 by Sekka Iwata, Yū Aoki
All rights reserved.
First published in Japan in 2021 by SHUEISHA Inc., Tokyo.
French translation rights in France and French-speaking Belgium, Luxembourg, Switzerland and Canada
arranged by SHUEISHA Inc. through VME PLB SAS, France.

© KANA (DARGAUD-LOMBARD s.a.) 2025
7, avenue P-H Spaak - 1060 Bruxelles

Tous droits de traduction, de reproduction et d'adaptation
strictement réservés pour la France, la Belgique,
la Suisse, le Luxembourg et le Québec.

Achevé d'imprimer en mars 2025 • Dépôt légal : avril 2025
d/2025/0086/121 • ISBN 978-2-5051-2659-1

Traduit et adapté en français par Sophie Lucas
Conception graphique : Vanya Michel
Adaptation graphique : Éric Montésinos

Imprimé et relié en Italie par Grafica Veneta Spa,
Via Malcanton 2, 35010 Trebaseleghe (Pd)

PEFC
PEFC/18-31-226
Certifié PEFC
Ce produit est issu de forêts gérées durablement et de sources contrôlées
www.pefc.be